五木寛之



# 新老人の思想

GS
幻冬舎新書
330

# 新老人の思想　目次

## 「高齢者層」ではない、「老人階級」である



## 新老人の時代がきた

## 新老人　五つのタイプ



## これからの人間力

## 元気で長生きの理想と現実



## 不易と流行のさじ加減

「高齢者層」ではない、「老人階級」である

## 経済大国から老人大国へ

とんでもないことになってきている。

この国がである。私たちの住んでいる日本列島がである。

バブルの崩壊とか、ハイパーインフレの襲来とか、そんなわかりやすい問題ではない。

景気の変動ぐらいなら、百年に一度の、とか、二百年に一度の、とかいっていればよい。

だが、いま私たちが直面しているのは、千年に一度の体験なのだ。いや、二千年に一度の大変動かもしれない。

有史以来の、と、いってもまちがいではないだろう。だから、とんでもないことになってきた、といっているのだ。

「オオカミがくるぞ。もうすぐ山からオオカミがやってくるぞ」という話は、もう聞きあきた。しかし、いま私がいっているのは、明日のことではない。

いまオオカミは、私たちの前後左右をとりまいているのだ。すでにきてしまって、私たちはその怪物の鼻息さえ感じる場所にいる。鋭い牙《きば》や、赤い舌も目の前にある。しかし、それにもかかわらず、私たちはオオカミの姿を直視しようとはしない。

「またオオカミの話か」

と、軽く聞き流すだけだ。

そのオオカミとは何か。

〈超・老人大国の現実〉というのがそれである。

「なんだ、そんなことか」

と、ガッカリされるかたもおられることだろう。いまさら人口論を持ち出すのは古い、と笑う人もいらっしゃるにちがいない。

「少子高齢化の話なら、三十年前から議論されてるよ」

と、うんざりする顔も目に浮かぶ。

しかし、私がいっているのは、そういうことではない。

〈少子化〉などとは、ちがう問題なのだ。大問題であることはわかっているが、その議論は、専門家におまかせしよう。少子化によってこの国の人口が年々、減少していくだろうことは自明の理だ。しかし、少数精鋭主義というのも、この国の伝統の一つではないか。

子ども手当をふやすことも、保育施設を充実させることも、大事なことだ。しかし、それだけで少子化は防げない。今の世に、子供を産み、そして育てたいと思う気持ちがなければ、話にならないのである。

普通はここで数字を持ち出すところだが、私は数字や統計を信用していない。だから実感でいわせてもらおうと思う。

「老人」

という言葉がよくないという。では、「高齢者」と言いかえればいいのか。これは、「敗戦」を「終戦」とか、戦時中に「退却」を「転進」とかいったのと似ている。

「老人」がダメなら「若者」もよくないのではないか。「老若男女」とは、昔から言いならわしてきた言葉である。

統計はいざ知らず、私の実感では、最近やたらと老人が多い。このところ急に増えてきたような気がする。

まず、なによりも自分がそうだ。若いころは、自分が四十歳以上の年寄りになるなどとは、想像もしていなかった。運がよくても、五十歳ぐらいで死ぬだろうと思っていたのだ。

それが、なんと八十一歳。

ひょっとすると、もう少し生きるかもしれない。かえりみて恐ろしいような気持ちになってくる。

もちろん、私の周辺でも、先に逝《い》った仲間は少《すくな》くない。だが、大多数は生きているらしいのだから大変だ。

戦後、数年のあいだに、やたらと赤ん坊が生まれた。世にいう「団塊の世代」である。この一九四〇年代後半生まれのかたがた（本音では、連中、といいたいのだが）が、雪崩《なだれ》をうって六十五歳をこえて現れてくる。

すでに現役勤労者世代ではない。すこぶる元気で、小金を持っており、世の中に意欲満々の世代である。

その上の層は、これまた私を含めて、とりあえず生きている。

右を向いても、左を向いても年寄りばかり、という時代が、じつはすぐ目の前にきているのだ。いや、目の前どころか、いま現在がそうだろう。

たぶん世界中がこの日本国を、かたずをのんで見守っているにちがいない。二つの大きな問題を抱《かか》えて、賢い日本人がどうそれを切り抜けるのか。

中国も、インドも、明日《あす》はわが身である。この国は世界中の注目の的《まと》なのだ。二つの問題をどう解決するのか。

東京オリンピックの話ではない。

一つは使用済み核燃料の最終処理。

もう一つが超老人社会に直面して、それにどのように対処するか。

これからますます老人は増えていく。どう生きるかより、どう死ぬかが問題となる時代にはいったのだ。

人口問題には、さまざまな説があって興味はつきない。

しかし、おしなべて未来予測の論議になっているところが、私には不満である。明日はこうなる、というのはたしかに大問題だ。将来の予測のために学問はあるといってもいいだろう。

しかし、私自身の関心は、明日ではない。きょうただいま、というのが最大の問題である。

人口論の大部分は、二十年後、三十年後の人口動態の予測が中心になっている。三十年後どころか、五十年先、百年先を主題にしての論議も少くない。

老人が増えたという見方にしても、反論はいくらでもある。老人の余命は短いから、どんどんへっていくはずだ、という見方もある。

いま話題の人口減少論に対しても、いや、長い目で見れば、いったん減少した人口はやがて回復し、むしろ増加に転ずるだろうという説もある。なるほど、とうなずける論である。

何十年という未来予測では、たしかに納得のいく意見だが、今年、せいぜい来年はどうなるか、というのが目下の私の関心事なのだ。

老人が増えている、というのは、先日、病院に立ちよったときの私の実感だ。そこで順番を待つ人びとのほとんどが老人だった。寝たきり老人の数も、半端ではあるまい。なによりも、私自身が現在の自分の年齢に呆然《ぼうぜん》としているのである。

未来図よりも、いま現在、そして十年前、二十年前とくらべてどうかが問題なのだ。なにしろ十年先には自分はもう生きていないだろうからである。

二〇五〇年あたりの将来を論じているケースがいちばん多いようである。それなりに説得力のある卓論だが、私個人の興味はそんな先のことではない。五十年先に、この国の人口が増えていようがへっていようがこっちには関係ない、といってしまえば叱《しか》られそうだ。しかし、正直なところ、国家百年の大計よりも、いま現在の現実のほうが私には心配なのである。

未来予測は天才たちにまかせて、私たち凡人は今日《こんにち》ただいまのことを気づかうことにしよう。

一方で「老人」の概念を変えよう、という積極的な提言もある。六十五歳あたりを「老人」とするのは時勢に合わないというのだ。しかし、人は二十歳から老いはじめる、と私は思っている。老いるというのは、大変なことなのだ。

## 老化はシビアで残酷なもの

人の老化現象は、二十代からはじまる、というのが私の持論である。

最近、たいそう元気な老人が増えてきた。テレビなどでも、そういう人びとを特集して、ヒーローのように持ちあげる番組も多い。

しかし、正直にいって、老いは自然の摂理《せつり》である。どんなに強がっても、それに逆らうことはできない。

老人層の増加とともに、六十五歳あたりから老人扱いにするのはおかしい、という意見も出てきた。六十代ならまだ十分はたらけるではないか。そんな連中が年金をもらうなどというのはまちがっている、というのだ。なかには、高齢者を七十五歳からにしようという論もある。その意見もわからぬではないが、それは論者ご本人が例外的に元気だからの説だろう。

加齢というのは、残酷なものなのだ。視力も落ちる。聴力も、反射神経もおとろえる。歯もガタガタになる。記憶力も、判断力も、いやおうなしに低下してくる。べつにこれという病気でもないのに、体が昔のように自由に動かない。オシッコさえも力なくチョロチョロと流れ落ちるだけだ。

例外はいくらでもあげることができるだろう。しかし私は一般論をいっているのだ。私自身はこの歳《とし》になっても、一所懸命に働いている。寸刻を惜《お》しんで原稿を書き、打ち合わせをし、地方へ足を運ぶ。しかし、そのしんどさといったら、若いころの何十倍だ。

手足が痛む。物を落とす。新幹線や飛行機で座席をまちがえる。固有名詞を次から次へと忘れる。老眼が進み、体重や筋肉も低下する。すぐに眠りにつけない。声がかすれる。姿勢が悪くなる。食欲も落ちてきた。それでも老体にむち打って働いているのだが、実態は迷走《めいそう》にちかい。

大きな病気を抱えていない（らしい）ことは、幸運と考えるべきだろう。病院で検査をうけたら、即入院ということになりかねない。

しかし、老化の意識は五十歳からあきらかにあった。車の運転をやめたのは、六十歳からである。

企業で働く人たちの定年を延長せよ、という声が最近かまびすしい。しかし、六十歳で人はあきらかに老化している。自分では気づいてないだけだ。現代において人はなかなか死ねない。人生五十年、などという話はすでに死語である。人生九十年、という時代に私たちは直面しているのだ。さて、どうするか。

## 風当りの強い世の中で

人が長生きすることは、はたして本当に幸せなことだろうか。

古くから長寿は周囲に祝福され、めでたいこととして尊ばれてきた。

それは「人生五十年」という世間の納得《なっとく》から生じた感慨だろう。「人生五十年」というのは、現実ではなくて理想だった。

そんな時代に、まれに七十歳、八十歳の長寿者が出る。本人も喜び、まわりもそれをたたえる。しごく自然な話であり、それに文句をつける気はさらさらない。

しかし、当時でさえも人口を適宜にたもつための社会の暗黙の了解として、楢山《ならやま》送りもあったし、間引《まび》きもあった。

今は少子化の時代だから、無理に間引く必要もない。しかし、一般の人が九十歳、百歳まで生きることが当り前の時代となれば、どうするか。

本人自身の問題として考えてみても、老化は人生の「苦《く》」であることを否定するわけにはいかないだろう。

老いてなお壮健、気持ちにも、行動にも張りのある長寿者を見ることは、心おどることではある。しかし、現実に高齢者の大半が寝たきり、要介護の状態にあるとすれば、それを「苦」と受けとめるほうが自然ではあるまいか。

人の「逝きどき」というものが、もしあるとすれば、それははたして何歳ぐらいなのだろう。

「それは各人各様さ。基準など決められるわけがないだろう」

と、反論されても仕方がない。しかし、少くとも、かつては「人生五十年」という一応のメドがあったのだ。そして世間の誰もが、そのことを共通の了解として受けとめていたはずである。

今は、それがない。

九十歳以上の長寿者が、いまはたしてどのように過ごしているかさえも、よくわからないのである。テレビなどに取りあげられるのは、常に超元気な老人ばかりだ。

いま高齢者に対する風当りは、つよくなる一方である。医療費も、年金も、介護も、見直しが進められている。しかし、それらの社会的負担が、大きなビジネスの対象になっていることも事実だろう。それらの予算で食っている世界もまだ少くないのだ。

六十歳の定年を、六十五歳まで延長しようとする動きがある。すでに実施している企業も少くないようだ。

しかし、六十歳に達した社員をラインからはずし、給与をさげて雇用するというのは、はたしてどうだろうか。これは社内の楢山《ならやま》送りではないのか。

六十歳を過ぎても、まだ気力、体力があればこその雇用延長である。しかし、自分に働く能力と体力がのこっていると感じる場合、人は飼い殺しには耐えられまい。どんな人間にもプライドはあるのだ。捨て扶持《ぶち》で食うくらいなら、たとえ前途が不安でも自立しようと思うのではないか。

それならば第一線の責任ある仕事を、六十歳をこえた人々にまかせるべきか。

私は自分の実感から、六十歳では人は十分に老いていると書いた。どれほど栄養状態が良くなろうと、どれほど保健衛生思想が普及しようと、人は老いる。六十歳をこえて、まったく自己の老化を認めないというのは、あきらかに傲慢《ごうまん》というべきだ。若さとは、心のもちようだけではない。思想や、信念の問題でもない。

「夢と理想を失わない限り、人は永遠に若い」

とは、よく聞く言葉である。成功した経営者の社長室にその手の書が額に入れて飾ってあったりする。

しかし、いま、私たちはかつてなかった未知の時代に向きあっている。

「人生五十年」

と、割り切って生きることができた時代には、それほどの迷いはなかった。しかし、いま私たちは、六十歳から九十歳までの三十年を生きなければならない。まかりまちがえば、百年生きることもありうるのだ。

老いが加速するなかでの三十年とは、一体どのようなものだろうか。私自身その渦中にいて、迷い、悩みながら日々をすごしている。

若さゆえの苦悩や悲哀が、文学や思想の出発点であった時代があった。若くして死んだ哲学者や詩人などの言葉が、生きる糧《かて》であった時代もあった。

しかし、九十年、百年を生きなければならない時代に、それらの先人の言葉は遠いもののように感じられてしまう。

七十、八十、九十がまれである時代は、すでに終ったのだ。古希《こき》とは第三の人生の前半の出発点であるにすぎない。第三の思想、第三の哲学といったものは、はたしてどこに見出《みいだ》すことができるのだろうか。

「ななつ星」という九州観光列車が大人気だという。なんとなく金持ち老人層の気持ちも、わからぬではない。

海外旅行はとにかく面倒くさいのだ。私自身も、入国管理の手続きのわずらわしさを思うと、どこか国内の温泉にでも、と思ってしまう。

ましてマスコミは、こぞってインフレがくるぞの大合唱。そのうち一万円札が紙クズになるといわれれば、いっそ貯金を使ってしまおうかという気持ちになるのも無理はない。

政府もマスコミも、金持ち老人が不景気の元凶のように非難している。老人層から若者への資産移行が、最大の急務と説く評論家も多い。

なぜ高齢者たちがヘソクリを必死で握りしめて消費しないのか。それは当然だ。将来が不安だからである。

年金も当てにならない。子供や孫たちに頼るのも難しい。なによりも自分たちが何歳まで生きるかの予測がつかない。

わかっているのは、下手《へた》をすれば百歳まで生きるかもしれないという事実である。長生きが最大の不安なのだ。

頼りになるのは、ささやかな貯金だけ。しかも、その貯金が円安で目べりする。さらにそれも紙クズになるかもしれないとなれば、これはもう生きているあいだに思い出をつくることぐらいしかないだろう。

息子や孫たちに贈与すればいい、とすすめるオセッカイ連中もいる。子供たちのマイホーム建設に力を貸すとか、孫たちの学費を出すとか、税制の優遇措置はいくらでもある。

しかし、年金がついていればこそ優しくされる老人たちもいる。相続される資産があればこそ大切にされている親もいる。

老人もその辺はクールに見ているはずだ。だからこそ精々《せいぜい》、「ななつ星」列車旅行ぐらいで我慢しているのではあるまいか。

若者層での格差は、たしかに問題だ。しかし高齢者層での格差にくらべれば、まだ希望がある。何億円どころの話ではない。現実に何十億円ものマンションを平気で買える層も、たしかにあるのだ。

私は消費税よりも、贅沢《ぜいたく》税とでもいうような税金を作ればいいと、ずっと思ってきた。

超高級品には、びっくりするような高額の税金をかけたらいい。人の持っていないものを所有する優越感は、そのことでさらに満足度を高めるだろう。星七つぐらいの贅沢よりも、そのほうを喜ぶ人もいるのではあるまいか。

## 同世代間格差を考える

団塊の世代というのが、なんとなく目の敵《かたき》にされているようだ。

一九四〇年代後半に生まれた大集団が、いっせいに高齢化することが問題らしい。たしかにどでかい人口の塊《かたまり》が老人層に加わってくるのは大問題だろう。しかし、はたしてそのことを憂《うれ》うる必要があるだろうか。

大集団で高齢化したグループも、永遠に生きつづけるわけではない。長くても九十歳から百歳ぐらいまでのあいだに、まとまって退場するのである。どっと高齢化し、どっと死んでいくのだ。その波をもろにかぶっているときが問題なのであって、べつに海水の水位が上りっぱなしになるわけではない。

しかし、その間はたしかに大変だろうと思う。そしてまさに今から二、三十年の時期がその高波をまともにかぶる時期なのである。

この世代は、個人差がきわめて大きいにちがいない。一方で介護をうけ、寝たきりのグループがあり、一方で反対にエネルギッシュに活動する人びとがいる。

健康に恵まれ、やる気にあふれているということは、幸運なことである。元気なグループは大いに働き、世のため人のため、そして自分のために活躍すればいい。

老いた世代を若い世代が面倒みると考えるから、高齢者がうとましいのだ。

格差は世代間にあるだけではない。

経済的にも、身体的にも、高齢者間の格差は、はなはだしく大きいのである。

今の高齢社会への不安は、結局は少数の若い世代が、多数の高齢者層を支えるという意識から生まれている。

そうではない道を考えるべきなのだ。格差は、同世代間にある。それを同世代で埋めればいい。

簡単にいえば、元気で資産もある老人たちが、がんばって弱い同世代を支えることを考えるべきだろう。余裕のある老人は、年金を返上し、保険を使わず、うんと働いて、うんと税金を払えばいいのだ。

なにも年金を辞退し、医療保険を使わない老人を国が表彰しろといっているわけではない。自分の老後というものを、ひそかに心中で構想する。最後まで働く。健康を必死で守る。それを個人の夢として大事にはぐくんでいけばいい。同世代間での相互扶助、それが新しい理想として構想されなければならないのだ。

アメリカで来年から実施される医療保険制度が、すこぶる評判がわるい。

〈オバマケア〉と称されるその政策を、私はつい先頃までプラス思考で受けとめていた。

一般にアメリカは、病気をすれば人生は終り、という苛酷《かこく》な競争社会であるようにも見える。四千万人とも五千万人ともいわれる保険のない大衆が、オバマケアで救われるのかと、安易に考えていたのだ。

たぶん、そんなふうなイメージをアメリカの医療保険制度に対して抱《いだ》いている人は、私以外にも相当いるような気がする。

『週刊現代』の堤末果《つつみみか》「ジャーナリストの目」を読むと、じつはオバマケアが、結果的に大衆への大増税政策であることがうかがえて興味ぶかい。

建て前と現実との落差は、政治にはつきものだが、最近のオバマ人気の凋落《ちょうらく》の理由はここにもあったのかと納得がいった。

いま私たちが向きあっているのは、老人がこの国の足を引っぱっている、という無言のプレッシャーだ。年金の受給開始年齢は、やがて引きあげられるだろう。受給額も削られるだろう。削らなくても、年二パーセントの物価引上げは減額と同じダメージをあたえる。

六十歳から九十歳まで生きなければならないとすれば、その間に必要な資金も思いがけない額になるだろう。保険料もあがる。医療費の自己負担額も増える。デイケアや介護などのサービスもカットされるだろう。しかも、六十歳から三十年、ときには四十年におよぶ第三期の期間を支える思想は、まったく見当らない。

高齢化というのは、人口問題ではあるまい。それは人間の経済と文化の根元《こんげん》的な問題なのだ。かつて一九六〇年代に、私は『平凡パンチ』に「青年は荒野をめざす」という読物を書いた。そしていま、私たちは確実に「老人は荒野をめざす」時代にさしかかっている。

楢山とは、老人が捨てられる場所だった。しかしいま、私たちは深沢《ふかざわ》七郎の小説の女主人公のように、みずから楢山をめざして歩きつづけなければならない。「アングリー・ヤングメン」が時代の注目を集めたのは、第二次大戦の戦後だった。「口笛を吹きながら夜を往《ゆ》け」という言葉は、私たちの松明《たいまつ》だった。

いま、老人の大集団が暴走するか、自滅するかの瀬戸際《せとぎわ》に立たされている。選択は私たち自身の手にある。さて、どうするか。

## 新しい階級闘争の始まり

「未来の若者たちにツケを残すな」

とは、よく耳にする言葉である。

いまさらそんなことをよく言うよ、と自嘲《じちょう》せずにはいられない。私たちはすでにのちの世代に数限りないツケを残している。国の借金もそうだが、それどころではない。私たちはとんでもないものを、数限りなく次の世代に相続させるのだ。

使用済みの核燃料ひとつとっても、その処理を彼らにまかせて退場するのである。親の遺産には相続拒否もありうるが、この場合にはＮＯはありえない。

私たち、というのは、現在、六十歳ぐらいから九十歳前後までの世代である。いわゆる生産年齢人口からはみ出した高齢者グループのことと思っていただければいい。

およそ三十歳までを第一世代と考えてみよう。第二世代が三十歳から六十歳あたりになる。その後の六十歳から九十歳プラスの大きな塊を「第三世代」とする。手っとりばやくいえば、高齢者層であり、老人階級である。

「階級」という言葉は、かつては支配者と被支配者の関係をさした。労働者と資本家、プロレタリア大衆とブルジョア階級といった具合だった。

しかし、いま私は自分を含めて、大きな階級対立の渦中にあるような気がしてならない。

すなわち、「老人階級」の出現だ。

高齢者層とか、老人層とかいった「層」ではなく、あきらかにこれは「階級」である。第一、第二、第三、といった区分けが味気なく感じられるのなら、「階級」でいい。「若年階級」「勤労階級」「老人階級」の三つの階級である。

階級というものは、対立するものだ。三つの階級は当然のことながら対立する。

かつては世の中に「老後」という、はっきりしたイメージがあった。

社会に出て就職する。定年までつとめて、リタイアする。退職後は年金が出るまでやりくりする。その後は旅行だの、写真だの、俳句だの、趣味と余暇をのんびり楽しむ。そんな悠々自適の老後、という夢を抱いて働いているかたがたは、今も少からずおられることだろう。

しかし、そういった計画はすでに現実的ではない。「老人階級」の年金をケアを負担するのは、「勤労階級」である。やがてそれに加わる「若年階級」にとっても、それはリアルな重圧にほかならない。

「老人階級」に搾取《さくしゅ》されている、という無意識の反撥《はんぱつ》がいま世間にはある。くわえてその「老人階級」の激増と肥大化に、私たちは直面しているのだ。

## 老いた人間の自立とは

昔の老人というのは、ほとんどがボンヤリして、喜怒哀楽の反応がなかったものだった。

老人が変った、という私の考えが、ますます実感をともなってつよまってきた。これだけエネルギーのある世代を、わずかな年金をくれてやってほったらかしにしておくだけでいいのか。

さまざまな計画を検討して、やり甲斐《がい》のあるおもしろい仕事をあたえるべきだろう。足が不自由でも、座業ならできる。それまでの経験や技能を生かして役立たせる分野を、本気で考える必要がある。

タンバリンを持たせて童謡をうたわせる、みたいな高齢者のケアは、いいかげんにしてほしいものだ。それと同時に、病人の看護と老人の介護の分野で働く人たちには、普通の倍くらいの給料を支払うべきだろう。

また、看護や介護をうける立場の高齢者の側でも、なんとか少しでも自立できるようにしたいものだ。当事者の苦しみを理解せずになにを気楽なことをいっているのか、と叱られることを承知で書いている。私とて自分の足で歩くことができるように、必死で努力してきた。それでも加齢による身体の劣化は、目をおおいたくなるくらいのものだ。そのことについても考えてみたい。

人には自尊心というものがある。

ゴクツブシのように思われながらなんとか暮らしていくよりも、少々つらくても自立して生きるほうがいい。

いよいよとなったら白旗をあげて降参する。しかし、そこまではなんとかしてがんばりたい。それができる限界まで、だ。

いま、はっきりいって「老人階級」は、社会のお荷物のように見られている。口に出してこそ言わないが、現在、年金の支払いを担っている「勤労階級」は、激増する年金受給世代に対して、心おだやかならぬものがあるはずだ。

年金保険料を払わない人びとが大量にいることは、そのあらわれだろう。毎月ちゃんと年金を何十年間払いつづけても、確実にもらえるかどうかはわからない、と思う人もいる。収入が不安定で、どうしても年金を払えない人もいるだろう。また、なぜおれたちが年寄りの面倒をみなければならないのか、と不満に思う若者も相当いるはずだ。

第二世代の「勤労者階級」は大変である。子供を養わなければならない上に、長生きする親の面倒もみなければならないからである。

私はここで学者やジャーナリストのように、正確な資料や統計をもとに発言しているわけではない。これまでの人生経験は、私にそのような専門家による議論が、ほとんど当てにはならないことを教えてくれた。だから自分の実感で、ものを言わせてもらう。

これ以上、増えつづける「老人階級」を、現役世代が養い、ケアすることはとうてい無理なのではないか。それぞれの世代は、それぞれに可能な限り自立して、最小限のバックアップを期待するしかないのである。

私は、なにも赤ん坊や子供に自立せよ、働け、といっているわけではない。だが、十六、十七歳を過ぎたら、親の世話にならないつもりで生きればいいと、心の中で思う。

よく世代間格差ということが問題になる。それは実際にその通りである。九十歳になっても、百歳になっても、一票の選挙権はある。「老人階級」が増えれば増えるだけ、政治への支配権は老人たちが握ることになる。

老人は、自分たちのために投票する。それは基本的な人権である。しかし、「老人階級」が世の中の過半数に達したとき、「若年階級」のために一票を投じる老人はまれだろう。

と、いって、八十歳以上の世代の投票権を取りあげ、若い世代の参政権の年齢をうんとさげるというのは、どう考えてもおかしい。では、どうするか。

今の若い世代は政治に無関心だ、とは、よく耳にすることである。だが、本当にそうか。

私はそうは思わない。関心のもちよう、その表現のしかたが昔とちがうだけなのではあるまいか。

かつて六〇年安保改定のとき、国会議事堂をとり囲んだ数限りない若者や学生たちは、すでに「老人階級」に属する。そして今の若者たちは、一般にデモやストライキには無関心である。だからといって、決して今の政治や社会のあり方に対して冷淡であるわけではない。

組織とか、団体で行動するとかいったタテ型の運動がしっくりこないのだ。私のような老人でさえも、デモ行進のときにくり返されるシュプレヒコールは苦手《にがて》である。リーダーが、スローガンともいえない変なフレーズを叫ぶ。皆がそれに合わせて同じ言葉をくり返す。しかし、ではどうすればいいのか。

現実の政治や経済を動かしている実力者たちの感覚の一つに、

「その時にはオレはもう死んでこの世にいないいんだから関係ない」

と、いう本人も気づいていない心情があるように思われる。将来、国債が紙クズになろうと、使用済み核燃料がどれほどたまろうと、その時はオレはいない、と無意識に感じていればこその現状である。

「未来の子供たちのために」

という言葉は、なぜか私には実感がない。私もまた、いま、現在にとらわれている一人なのである。

これからますます老人が増えていくだろう。そして「老人階級」への圧力は、ますます高まっていくだろう。かつて百歳以上の長寿者には、市区町村から祝い金が贈られたものだった。

しかし、いま目に見えて「老人階級」への圧力がつよまってきた。やがて自分の足で投票にいけないような高齢者から投票権を取りあげるとか、さらには安楽死の問題までが議論されるようになるだろう。

最近、ガンが増えた、という。ガン死する人も激増しているといわれる。だから早期発見、早期治療を心がけよという。もっと検査をうけろ、もっと病院にいけ、という話である。しかし、ガンもガン死も、老人が増えただけの話ではないのか。

私がいいたいのは、「老人階級」の自立と独立である。世代間の相互扶助は、人間の理想だろう。幼い者を大人が支え、そして高齢者をケアする。そんな社会は、理想ではあっても、必ずしも現実的ではない。

気持ちの上だけでも第三世代は、自分たちで自分の世代を相互に扶助すべきだろう。働ける人はレジャーやリクリエーションなどに時間とエネルギーをそそがず、額に汗して限界まで働く。それができるということは、幸運であり、天に感謝すべきことなのだ。どんな人間にも加齢は大きなハンディキャップである。体力だけでなく、智力《ちりょく》も、反射神経も、気力もおとろえてくる。それを受け入れながら、同世代間の扶助に努める。なにも他人の世話をするとか、援助をおこなうということではない。自分の面倒は、つとめて自分でみる。理不尽な税金でも、歯をくいしばって払う。もし、その余裕があれば年金や介護もうけない。病院へもできるだけいかないようにする。

さまざまな難病や障害を抱えて、苦闘している人びとに対しては、あたう限りの手助けをする。もし、高齢であるにもかかわらず健康に恵まれていたら、日々そのことをえがたい幸運と感謝しなければならない。

しかし、健康ひとつとって考えてみても、私たちは自分の体のケア、養生《ようじょう》にふだんから努めているだろうか。以前、何度も書いたことだが、ある先輩のジャーナリストに健康の秘訣《ひけつ》を質問したことがあった。超高齢にもかかわらず矍鑠《かくしゃく》たるその人に、ふだんどんな養生法をやっているかとたずねたのだ。

べつになにも、とその先輩は答えた。

「朝、起きたら五分ほど腕を左右にふって、ブラブラ体を動かす体操をしているだけだよ」

何年ぐらいその習慣を続けていらっしゃるのですか、と私が重ねてきくと、手をふって笑いながら、こう言われた。

「いや、敗戦の日からずっとだね」

私も私なりに養生にはできるだけ努めてきたつもりだ。要するに病院にいきたくないからである。なにかあれば、すぐにお医者さま、というイージーな考え方をしたくなかったからだ。検査も一切うけずに今日まできた。

しかし、それは万一、なにか大きな病変に見舞われたら、すでに手おくれであることを覚悟してのことだ。他の世代は当てにしない。

老人が階級である時代は、もう目の前にきているのである。

## 体のケアと精神のケア

「自分のことは棚にあげて」

というのが、私の日頃のモットーである。

いろんな発言をする。わかったようなことを書く。人にすすめたりもする。

そんな時、もし自分のことを反省しはじめたら、どうなるか。すごくいいアイデアが頭にひらめいたとしても、ひるがえって自分のことを考えると、もう口にできなくなる。

タバコをすう習慣がある人が、他人にタバコはやめたほうがいいよ、と説教するようなものだ。

おのれをかえりみてしまうと、なにかを大声で主張することなど、本当はできるわけがない。体や健康についてもそうである。まして心の持ち方などにいたっては、人に気のきいたことをいえるわけがないではないか。

自分ではできないことを人にすすめる、というのはナンセンスだ。しかし、自分をふり返って大事なことをいわないということは、ほとんど沈黙したままでいることになる。

「急がばまわれ」

と、もっともらしく人にすすめる。それは正しい。だが、ひるがえって日々の自分の行動を考えてみるとき、「せいて事をし損じる」ことのどれほど多いことか。

しかし、自分でこれだ、と思ったことは人に伝えたい。自分の失敗から学んだことも数々ある。そこで、

「自分のことは棚にあげて」

と、覚悟を決めるのだ。それしかないではないか。世の中のどこに天地《てんち》神明《しんめい》に誓って自分が正しいと自信をもって断言できる人がいるだろう。

出かかった言葉をのみこんで、黙っているか。それとも「自分のことは棚にあげて」、目をつぶって口にするか。

ずいぶん考え悩んだ末に達したのが、「棚上げ」を選ぶしかないという結論だ。こうしたほうがいい、と、はっきりいう。

「そうか。わかった。それでお前はその通りにやっているのか」と、きかれれば苦笑して頭をかくしかない。

「いや、自分じゃできないけどね」

私もこれまでずいぶん偉そうなことをいったり書いたりしてきた。これからもそうするつもりである。ただし、「自分のことは棚にあげて」というふんぎりだけは、つけなければならない。

要するに、それは「無責任」ということだ。自分ができもしないことを、人にすすめるのは、まあ、詐欺みたいなものだろう。しかし、というのが、私の正直な現状である。

これからの高齢化社会を生きていくためには、経済的にも、身体的、精神的にも「自立」の意識が必要になってくる。

国とか、政府とか、地方自治体とか、そんなものを当てにして老後の設計をたてていると、必ず手痛いシッペ返しをくらうことになりかねない。

要するに、公的な扶助を当てにするわけにはいかないのだ。先頃も週刊誌で、七十歳以後の生活を維持していくには、いくら必要か、という特集をやっていた。そこで示されている数字は、おどろくほど高額なものだった。

経済面の話は、ここではしない。とりあえず介護や寝たきりの生活を少しでも避けたいと思う以上、体と心のふだんからのケアが絶対に必要だということを考えたい。

六十歳、七十歳になってからでは、もうおそい。中年にさしかかる前には、先のことを考えて体と心をケアしておくことが大事なのだ。

「オレはそんなに長く生きる気はないよ」

と、言われるかたもおられよう。しかし、人間は自分で自分の死にどきというものを、勝手には決められないものなのである。

と、いうわけで、病院通《がよ》いではない日頃の体のケアに心をくばらなければならなくなってくるのである。自立というのは、まず体のケアからはじまるのだ。

ところが、この健康に関する情報というのが、あまりにもデタラメなのはどういうわけか。常識として語られる専門家の意見が、正反対に分かれることもしばしばであるから困ってしまう。

たとえば、水。

老いていけば老いていくほど体が乾いてくるという。そこでさかんに「水をちゃんと飲め」という話が出てくる。

「水は命の水だ。できるだけ水を飲め」

と、有名な医師が書いていた。

しかし、一方で、「あえて水を飲む必要はない。むしろ水毒に気をつけるべきだ」という専門家も、少《すくな》からずいるのである。

「ドロドロした血液が、水を飲むとサラサラになる」

などという単純な話は、いささか眉唾《まゆつば》ものだろう。水を多く飲むほうがいいのか、それとも喉《のど》が渇いたときに口をしめらす程度でいいのか。

「水はあまり飲まない」という説をとなえている医学者もいるのだから、私たちはただ困惑するしかないのである。

## 養生《ようじょう》は大人のたしなみ

先の日曜日に、『こころの養生』という短い講演をした。「日本綜合《そうごう》医学会第68回東京大会」という催しである。

「こころの養生」とは、要するにここでのテーマになっている「精神のケア」ということだ。以前、ある医大で精神科医の会があり、そこでもらったパンフレットを眺めておどろいたことがあった。

鬱病《うつびょう》ではないが、前期的鬱《うつ》の状態にある人の数が、わが国で一千万人ちかくに達するというレポートだった。

なにを鬱の前期的症状とするかははっきりしないが、日々ため息をつきながら生きている人の数が、それくらいいてもおかしくはないだろう。三年前の改訂常用漢字表に「鬱」という字が加えられていたことを見ても、腰痛とならんで一種の国民病の気配を示していることがうかがわれる。

腰痛といえば、最近ではその原因を「こころの状態」にありとする意見が多くでてきた。

生活習慣とか、姿勢とか、老化が原因であるとか、さまざまだが、たしかに腰痛にも心理的要因は少くあるまい。

もちろん、ストレスが重なるとガンになる、といった単純な発想とはちがう医学的な立場から、「こころの状態」と「体のありよう」とを統一的に考えようという流れである。

高齢者の身体の問題を考えるとき、避けては通れないのが、この精神的要因だ。

とはいうものの安易な「こころの医学」には、違和感がある。「こころ」そのものにしても、宇宙空間と同じように、ほとんど未知の領域といっていい世界だからだ。

高齢者にとっての「こころの問題」とは、つまるところ死という主題を避けては話が一歩も進まないだろう。

「死なないで長生きする」のが当り前、という最近の世の中で、死を自分の問題として実感することは、かなり難しい話だ。

しかし、確実に近づいてくる死を、どう迎えるかは、六十歳から九十歳までの世代にとっては、避けて通ることのできない重要な問題である。

死を考えることが不吉《ふきつ》なことであるかのように思われていた時代は過ぎた。いま私たちは、明快に、かつ淡々と自分の死について考え、語らなければならない。体のケアにとっても、それは不可欠な大事なのだから。

もう何十年も昔のことになるが、集英社から『こころ・と・からだ』という本を出したことがある。

体のケアについての、私の最初の本だと思うが、考え方は基本的にそのころとほとんど変っていない。

そのあと、まとまった体に関する本としては、角川新書の一冊として、『養生の実技』というのを書いた。私の体験的な体に関する考えは、ほとんどこの中で書きつくしたように思う。

最近、その『養生の実技』を再編集し、絵なども入れたカジュアル版を中経出版から再刊した。『なるだけ医者に頼らず生きるために私が実践している100の習慣』という、とびきり長いタイトルの新装版である。

両方の本をくらべてみると、時代の移り変りがそれぞれの版に色濃く反映しているのがよくわかっておもしろい。

人は誰でも病院通いをしたくない。できることなら医者の世話にならずに生きていきたいと思う。そのためにはどうするか。自分で細心に自分の体をケアするしかない。つまり日頃の養生である。

しかし、いくら養生を心がけ、日々、健康を維持するために努力していたとしても、病気や事故は本人の意思とは関係なく、むこうからやってくる。世の中に病気になりたくてなる者は、一人としていないのだ。

もっとも、病院好き、医者好き、という人も少からずいることはいる。毎週、あちこちの診療所まわりが老後の趣味、という高齢者も少くない。

病院や診療所の側でも、こういう検査好きの元気な老人は大歓迎だろう。いろんな検

査を毎週、順ぐりに手早くやって、

「はい、すべて順調です。これといって悪いところはありません。まあ、血圧が少し高めですけど、これは加齢による自然な変化ですから気になさらなくていいでしょう。いや、お元気でうらやましい」

「先生、ありがとうございました」

と、双方うれしそうに笑顔で別れる。心温まる光景ではあるが、どこか気になるところがないでもない。そこには自分の体を他者に依託するといった気配があるからだ。これからは高齢者の医療費の自己負担率も高くなる。趣味で医者通いというわけにもいかなくなるだろう。だからこその養生なのだ。

明治、大正の時代の作家の歿年《ぼつねん》を見ると、信じられないくらいに皆はやく死んでいる。樋口一葉《ひぐちいちよう》の二十数歳というのは例外としても、大家、文豪として有名だった人も、ずいぶん早く世を去っていることにおどろく。夏目漱石が五十になるかならないかで死んだことを思えば、今の作家はえらく長生きだ。

今後、当分のあいだは、私たちは長く生きることを覚悟しなければならない。

戦争や、さまざまな災難で、早世を余儀なくされた人びとには申し訳ないが、これからほとんどの人は、長生きしなければならない。その将来は、たぶん大多数が要介護か寝たきりの生活だろう。六十から九十歳、プラスの三十年以上を、私たちは生きなければならないのだ。その世代を「第三世代」、もしくは「老人階級」とよぶことにしたとして、その時期を完走する覚悟が今の私たちにあるのか。

これまでの思想や哲学などは、ほとんどが六十歳以前の人びとのためのものだった。体のケア、養生、健康などのためのマニュアルも、「第三世代」にしぼったものは少ない。

たとえば、老人とは、「転ぶ」生きものである。つまずいては転び、バランスを失っては転ぶ。転べば骨折するのが老人の常だ。

二足歩行をするのが人間だ。それがおぼつかなくなったとき、私たちはどう生きるか。例外的な話ではない。国中に老人があふれ返る現実が、もう目の前まできているのだ。

私はこれまで、あまり転ぶことなく生きてきた。これからは、そうはいくまい。

故・井上ひさしさんが、あるとき私に嬉《うれ》しそうにいったことがある。

「イツキさんの『養生の実技』を読んで、片脚立ちで靴下がはけるようになったんですよ。これまで物につかまってしか靴下をはけなかったんだけど」

何にもつかまらずに片脚立ちで靴下をはくのは、高齢者にとってはかなり難儀なことなのだ。私も無理をして不用意に片脚立ちで靴下をはこうと試みて、ふらつくことが多い。立つこと、歩くこと、そんな当り前の行動ですら不用意にはできないのである。

長生きがめでたいことだった時代は終った。『老人は荒野をめざす』という歌でも作って、なんとか転ばぬように歩いていかなければならないのだ。その覚悟ができているかどうかを、私はあらためて自問自答しているところなのである。

## 立って歩くことの重要性

「自立」

という言葉がある。普通は精神的に他に依存せず、独立する姿勢をいう。

しかし、私たちは必ずしも自分の力だけで立つことはできない。

きちんと立つ、というだけでも、じつは大変なことなのだ。

いまこの国には、千二百万人あまりも腰痛で悩んでいる人がいるという。病気とまではいかなくても、ふだん腰をかばって暮らしている人は周囲に少くない。

私も二十代のころから、ずっと腰痛持ちだった。ときには突然のギックリ腰におそわれて、立往生《たちおうじょう》することもあった。

立つどころか、寝返りさえもできない状態におちいったりもした。

今でも腰痛を意識せずに暮らすことなど一日もない。しかし、それでいながら、なんとか今日まで働きつづけてこられたのは、下手《へた》に腰痛の治療をしなかったからではあるまいか。

腰痛は体の病気であるとともに、精神的なものが大きく関与している。腰痛に関しては、「自立」する姿勢というものが不可欠なのだ。なにかにすがろう、という気持ちがある限り、腰痛はのりこえることができない。

腰痛を治す、ということは不可能だ。人間が直立二足歩行を選択したときから、腰痛は人間の営みとともにある。

「立って歩く」

そのことが決して自然なことではない、と私たちは知るべきなのである。

そして人間は、いまさら動物一般のように四足歩行にもどることはできない。そうなれば、不自然な二足歩行を、できるだけスムーズに行うことができるようにつとめるしかない。

まず、立つ姿勢が第一歩だ。

重力に逆らって立つ、という考えは放棄すべきだろう。

重力は私たちをしばりつける重荷ではない。もし重力がはたらかなければ、地球の自転の遠心力で私たちは天空にはねとばされてしまうだろう。地上にこうして立っていられるのは、ひとえに重力のおかげである。

そう考えれば、そこで立つために重力に逆らうのではなく、それを生かす工夫《くふう》が必要となる。

頭から爪先《つまさき》まで、重力の中心線にそって素直に重心を重ねること。それが「自立」の第一歩だ。それは必ずしも「マッスグ」立つことではない。

立つ。歩く。坐《すわ》る。寝る。

私たちの生活は、ほとんどこの四つにつきる。

私は比較的よく歩くほうである。しかし、常に重いバッグを片手にさげて歩いている。バッグの中には、数冊の単行本、原稿用紙、筆記用具、電子辞書、その他いろんなものが投げこまれている。

私のバッグを親切心から持ってくれようとする人は、ほとんど、一瞬、オッという顔をする。バッグの重さにびっくりするのだ。

そんなバッグを右手にさげて、私は半世紀ちかくも歩きつづけてきた。

体の片方に重量をかけて歩くことは、当然、体のバランスを崩すことになる。歩行の姿勢が歪《ゆが》み、それをなんとか補正しようと体の中心線がねじれてくる。

上衣《うわぎ》を買うと、いつも左袖《そで》が長い感じがある。右手が長いわけではなく、右肩がさがっているのだ。

重いバッグを片方の手でさげて何十年も歩きつづけてきたせいで、体が傾いているのだろう。

そして仕事場で坐って原稿を書く。これも右手一本しか使わない。当然、首が反対側にかしぐし、体もよじれてくる。

何十枚くらいならいいが、十時間ぶっつづけで書くこともないではない。少くとも一年三百六十五日、それをしない日はないのである。

車の中で書く。飛行機の機内で書く。カフェで書き、ベッドの中でも書く。

こうして私の体は、前後左右に傾き、歪み、そしてそれは腰部の骨たちに大きなダメージをあたえた。

おそまきながら四、五年前から、重いバッグを左右交互に持つように努めている。しかし今さらそんなことをしても、焼け石に水だ。原稿もいまだに身をよじりながら書いている。

そんな暮らしを続けて、腰痛にならないほうがおかしい。

ある時期から、私は腰痛とともに生きる決心をした。「治《なお》す」などとは考えない。

この文字を私は「治《おさ》める」と読む。

こんな生活を続けながら腰痛を治そうなどと、考えるほうがまちがっている。なんとか折り合って、あまりひどい状態にならないよう、体と話し合いをしなければならない。

そして、出てきた結論は、「立つ」ことと、「歩く」ことを自然に、あるべき姿にもどすことだった。

「自立する」

とは、まずちゃんと実際に立つことである。自分の脚で、地表に立つ。重力に逆らって立つのではない。重力によって立つのである。

歩くことより先に、立つことが必要なのだ。

これがなかなか難しい。理屈ではわかっていても、自然に楽々と立つことは、やってみるとどれほど困難なことであるかがわかる。

まして加齢期において、望む通りの立ち方をするのは不可能にちかいように感じる。

自分で立ってみて、その形をずっと維持することは、さらに難しい。

だれでも年をとると、なぜかO《オー》脚になりがちだ。脚の膝《ひざ》と膝との間にすきまができてしまうのである。

禅には「座禅《ざぜん》」のほかに「立禅《りゅうぜん》」というのもあるらしい。坐ることより、このほうがかえって難しいのではあるまいか。

立つことに関しては、いろんな人が、いろんなことを書いている。いずれにせよ、人間が地表に立つことは、そもそもが無理なことなのだから、自然に立つ、というのは至難のわざである。

それでも私たちは自立しなければ生きていくことができない。四足歩行のほうが楽でも、すでに直立二足歩行を運命づけられているのである。

ちゃんと立てるようになったら、そこから歩くことを学ぶ。

人が歩く、ということは、本当に難しい。歩き方についても、百人百様の意見がある。私もこれまで、歩くという行為に関して、かなり勉強し、実際に歩いてもきたつもりである。

しかし人の歩き方も、年齢とともに変る。高齢期に入ると、まず歩幅がせまくなる。一歩の歩幅が小さくなって、ちょこちょこ小股《こまた》で歩くようになってくるのだ。

速度もおそくなる。

そのことを意識して、多少でもちゃんと歩くように努めることが大事である。

姿勢が悪く、歩き方がちぢこまってくると、腰痛になる。腰痛を治そうなどと考えてはいけない。腰痛は立って歩く人間の宿命なのだ。

それをできるだけ出さないようにする、それしかないだろう。立つことと、歩くこと、これに加えて、坐ることの三つがおかしいときにギックリ腰がおこるのだ。ギックリ腰にも予兆がある。これを早くキャッチすること、そこが大事だろう。

## 待ちかまえる三つの難関

「少子・高齢社会」ということがしばしばいわれる。「少子化」は「少子化」であり、「高齢者の増加」とは関係がない。

まして人口減少問題とも結びつかない。どんなに生まれる子供が少くても、生まれた分だけ人口が増えることはまちがいないからだ。

人口の減少とは、生まれてくる人数より、死んでいく人間の数が多いことである。なぜ死ぬ人数のほうが多いのか。それは生存の限界ギリギリまで生きる老人が増加したからだろう。その新陳代謝がとどこおることが、超高齢社会をもたらすのだ。

人は無限に生きることはできない。せいぜい八十歳から百歳まで生きれば長生きの数にはいると思われる。そして、まかりまちがえば、自分もそのグループに属することを予想しておかなければならない。

その超後期高齢者世代には、三つの難関が待ちかまえている。

一つは病気である。八十歳になったら、八つの病気を持っていると覚悟すべきだといわれる。

二つ目は介護をうけるという問題だ。人はどこかで体が不自由になり、他人の介護を必要とするようになる。

三つ目は経済的な保障である。年金があるから大丈夫だろう、と安心していていいのだろうか。子供や孫がいるから心配ない、という甘えも通用するかどうか。

私がこのテーマで、ずっといいつづけているのは、高齢者の自立、ということだった。それにはどんな道があるのか。今のところそれはないにひとしい。今後、当分のあいだは老人は社会のお荷物あつかいをされるだろうと思う。

高齢者の基準を引きあげようという説も多い。今の六十歳、六十五歳、七十歳は、まだまだ元気で十分役に立つ。だから、それほど責任重大ではない部門で働いてもらおう、という意見だ。その論者によれば、七十五歳からを高齢者として扱おうというのである。七十歳では、まだ老人ではない、というわけだ。他の世代から扶助してもらおうなどと考えるのは、甘えている、と、かなりきびしい主張である。

いずれにせよ、今後、高齢者が当然のように国や家族の保護を当てにすることはできなくなるだろう。私はそのことをいっているのだ。その心構えは、高齢者のレッテルをはられた時点ではもうおそいのだ。せめて五十歳を過ぎたら将来の見取図を作っておくべきではあるまいか。

# 新老人の時代がきた

## 高齢者のなかの新人類

いま老人たちが妙に元気だ。

以前だったらとっくにリタイアしているはずの老人たちが、しきりに蠢動《しゅんどう》している。しかし、いま元気なのは、かつての高齢者、いわゆるご老人のタイプではない。これまでとまったく違うイメージの老人たちが登場してきたのである。なんというか、従来あまり見られなかった突然変異的な種族が異常に増殖しつつあるのだ。

ひと昔前、新人類とよばれた若者世代が注目を集めたことがあった。それにならっていうなら、さしずめ「新老人」とでもよんでおこうか。

一般に老人、高齢者といえば、マイナス・イメージがつよい。表情に活気がなく、やや猫背で、動作もにぶい。野暮《やぼ》ったい服を着て、小遣いも少《すく》なくケチである。動作も緩慢で、周囲の迷惑などあまり気にしない。そのくせなにかというとネチネチ文句をいう。

要するに社会の余計者だ。

世間の見る目も冷たい。この国の財政が大変なのは、社会福祉制度が充実しすぎているせいだ、などという。後期高齢者や、要介護老人のお世話で予算がいくらあっても足りないと説く学者もいる。

たしかに百歳以上の長寿者が、現在なんと五万人以上、その八割が寝たきり老人だそうだ。しかもその数は年々増加の一途をたどるらしい。きんさん、ぎんさんが人気者だった時代とは大ちがいである。

そんななかで、妙に元気な老人が増えてきたというのは、社会にとってはたして吉か、凶か。

先頃も満八十歳になられた大スター、岸恵子《けいこ》さんが官能的な小説を発表して話題になった。黒柳徹子《くろやなぎてつこ》さんや、田原総一朗《たはらそういちろう》さんもフル回転で活躍中である。スキーヤーの三浦雄一郎《ゆういちろう》さんは、史上最高齢でエヴェレスト登頂に成功した。瀬戸内寂聴《じゃくちょう》さんにいたっては、超人的な活躍ぶりである。

あたりを見回すと、そんなスーパー高齢者は、どの分野にも無数にいらっしゃる。しかし、私がいまここで関心をもっているのは、そのような有名人の活躍ぶりではない。

どこにでもいる普通の生活者のなかの高齢者たちだ。その人びとを、あえて私は「新老人」とよぶ。一般人のなかに最近にわかに目立ってきた新人類、それを新老人と規定して話を進めていきたいと思うのだ。

歴史をふり返ってみると、そんな新老人が活躍した時代は、過去にも幾度もあった。しかし、今の現象は、どこかそれとちがう。

先頃、朝日新聞に注目すべき記事がのっていた。「耕論」という特集で、一面を使って老人問題が扱われていたのである。「老いるアジア」というテーマで、何人かの論客が語っている内容に、つい引きこまれて読んでしまった。

高齢者の増加は、いまやわが国だけの問題ではないのである。中国やタイもそうだ。インドも例外ではない。「老いるアジア」というタイトルは、決して奇《き》をてらったコピーではない。

中国では、現在、高齢者とされる六十歳以上の人口は、約二億人に達するという。六十歳以上を高齢者とするのは、ちょっと酷《こく》なような気もするが、「老いるアジア」というタイトルには嘘《うそ》はなさそうだ。

社会福祉や医療制度が発達すると、老人が増える。これは当り前のことだろう。健康保険制度がゆきわたったわが国では、老人は手厚く治療され、介護をうける。この、手厚く、というのは、人間的という意味ではない。大きな予算がそこに支払われるという事実である。

一人の老人を大事に長生きさせようとすると、どれだけの費用と労力が必要となるか。考えただけでも、気が遠くなる話だ。こうして百歳以上の長寿者は年々増加の一途をたどり、それに要する予算もふくらみつづけていく。

少子化も問題だが、それより重要なのは、「人が逝《い》けない」社会、ということだろう。

昔の老人は、よく「お迎えがくる」ということをいった。そこには死という覚悟だけではなく、一種宗教的な感覚があったような気がする。

「お迎え」とは、「あの世」からの迎えのことである。「あの世」とは、たぶん「浄土《じょうど》」というイメージだろう。念仏《ねんぶつ》に関係のない人でも、仏さまが山を越え谷を越えて迎えにきてくださる、という夢想を願望として抱《いだ》いていたにちがいない。

今は、それはない。「浄土」もなければ「地獄」もなく、ただ無限の虚無《きょむ》が口をひらいて広がっているだけだ。

これでは、人は死ねない。死は不毛であり、なんとか引き延ばしたいタブーである。そして近代のヒューマニズムは、命の持続を無条件で肯定する。医療も、薬剤も、介護も一つの産業である。こうして、「逝けない」社会がどこまでも増殖していくのだ。

## 胎動《たいどう》する新老人たち

長寿、長命が世間から祝福された時代は過ぎた。老人というのは、露骨《ろこつ》な言い方をすれば、今は社会のお荷物である。

人生五十年といわれた時代では、五十歳を過ぎれば老人だった。今なら七十歳あたりから老人とみなすのが世間の常識だろう。

私は現在八十一歳である。堂々たる老人だが、今後の道のりはきびしい。現在、八十五歳以降の老人の三分の一ちかくが認知症になる傾向があるという。九十代ではおよそ六割、百歳以上だと九割以上が認知症になるそうだからおそろしい。つまり長寿の先は、とんでもない世界が待ちうけていることを覚悟しなければならないのである。

長生きは決してめでたいことではない。じつはおそろしい世界なのだ。しかも、生きている限り、社会に大きな負担をかけながら日々を送るのである。

人を一日でも長く生かす。命をとことん大切にする。それが医学の義務であり、原理であった。現在もそうだ。しかし、それが経済と結びついているところから悲劇が生じる。いや、喜劇かもしれない。

かつて団塊の世代がこの国の成長を支えた時代があった。そして十年後、二十年後には巨大な老人群が出現する。それは誰がなんといおうと、動かしがたい現実である。それらの巨大な老人層は、当然、年金で生活を支えることになるだろう。年金では足りないので、貯金を取りくずしながら老化と認知症の世界へ移行していく。晩年に待っているのは介護によって生かされる生活である。胃ろう、透析《とうせき》、睡眠療法、人工呼吸、その他の延命治療の進歩発達とともに、「逝《い》けない人びと」がこの列島にあふれ返ることになるだろう。

北欧をはじめ、先進諸国では延命に対する義務感はあまりないようだ。老衰者を人工的に生かすことに対する情熱は、どの国にも感じられない。ヒューマニズムの本家《ほんけ》本元《ほんもと》の国々では、老いて逝く人びとを素直に見送ることが常識のように見うけられる。

やがて日本にも、その波はやってくるだろう。若い生産世代が高齢者を助ける余力がなくなってくるからである。くり返し書くがその時期は、すでに目の前にきている。人工的、経済的に「生かされる」立場の私たちの未来は、当人たちにとっても決して明かるいものではない。

そのことを暗黙のうちに感じはじめている前期高齢者たちのなかから「新老人」が群生してくるのだ、というのが私の見方である。

## 何歳からをいうか

「新老人の会」というグループがあるそうだ。

百歳をこえてなお現役で活躍されている日野原重明《ひのはらしげあき》さんが立ち上げられた会だという。二〇〇〇年にスタートして、今では海外にまで支部をもつ大きな組織であるらしい。

この会では、七十五歳からを新老人、それ以下六十歳までをジュニア会員とよぶそうだ。六十歳をこえた歳《とし》で「ジュニア」とよばれるのは、ちょっといい気分だろう。

しかし、いま私が「新老人」として扱おうとするのは、それとは少しちがう人びとだ。年齢でいうなら六十代から八十歳代まで。

いま世間を騒がせている暴走老人、迷走老人が、ほぼこの範疇《はんちゅう》にはいるだろう。九十になればもう超老人である。

この新老人世代が最近おだやかではない。なにかアナーキーな胎動をも感じさせる。

しかし、それら新老人の生態は必ずしも一様ではない。一様ではないが、共通したものがある。

一つは、まだエネルギーがあること。定年をまぢかにひかえていようと、退職後であろうと、精神的、肉体的なエネルギーがのこっている。人生においてリタイア感がない。

社会的にも活動意欲をおさえることができない。

二つ目は、百歳社会の未来に不安と絶望感を抱いていること。いま七十歳の人は、あと三十年を生きなければならないのだ。その最後のシーズンが、どれほど悲惨なものになるかを、すでに知ってしまっている。

実際に自分が親の介護の経験をもつ人もいるだろう。そしてこれから先は、誰もが適当に、穏やかには死ねないことを知っている。認知症か、アルツハイマーか、寝たきりか、孤独死か、ガンか、いずれにせよ悲惨な将来は確実なのだ。

死んで宇宙のゴミとなる前に、生きながら社会のゴミになる長寿の未来。

神に召される、とか、浄土へ迎えられるとか、そんな深い宗教観を抱いて生きている人は、たぶんそう多くはないだろう。

それでいて、新老人にはエネルギーがある。体力と気力はあっても、未来への展望がない。悲惨な末期高齢者の季節が待ちうけているとも予感している。

昔は人生五十年、といった。今では人生は百年と見なければならない。国と産業界は、徹底的な健康長寿国民を育成するために全力をあげている。

きょうもテレビはスーパー健康老人の列伝を特集していた。呆《あき》れるほどに元気な高齢者を讃美《さんび》する番組である。そんな空気のなかから、新老人という徒花《あだばな》が花開いてくるのだ。

現在の定年は、一応、六十歳が普通だろう。いずれ六十五歳定年制が定着するだろうが、いますぐというわけにはいかない。

六十歳から百歳まで四十年。

九十歳まで生きるとしても、あと三十年はある。気の遠くなるような時間だ。人生を二度生きる必要がある。

社会的な立場からは解放されている。解放というか、自由になったというか、要するに放《ほう》り出されたようなものだろう。

その数十年をどう生きるか。これまでの人生論などは、ほとんど役には立つまい。一種の余計者として生きなければならない。

そこを前向きに、プラス思考で生きることがすすめられている。趣味に生きるとか、ボランティア活動に参加するとか、新しい分野の勉強にはげみ、資格をとるとか、さまざまだ。

つまり、定年後も現役意識をもって生きよ、というのである。

それはそれで結構なことだろう。七十を過ぎて企業を立ち上げ、成功している人もいる。若い仲間とともに国際的なNPO活動に汗を流している人もいる。写真や俳句ですぐれた仕事を認められる人もいる。

それはそれで、すばらしいことだと思う。しかし、いずれ人は老いる。青春の心を失わなければ人は老いない、などというが、それは願望ではあっても現実ではない。千人に一人、一万人に一人のエリートの例であって、大多数の高齢者はいずれ認知症か、病気か、寝たきりで介護をうけることになるだろう。九十歳、百歳を過ぎて、なお活躍している人の話など夢のまた夢、というしかない。

かつてリタイアした老人たちの仕事は、お寺参りとか、お遍路《へんろ》とか、ご詠歌《えいか》の会とか、おおむねそんなものだった。いずれもただの楽しみではなく、あの世へいく「逝き方」の稽古《けいこ》だった。いずれやってくる死を、日々みつめながら、人生の締めくくりをイメージするトレーニングだったといっていい。

いま、ほとんどの老人たちには、余生をさらに「充実して生きる」ことがすすめられている。時間と、ある程度の経済力をもった老人たちが、暴走したり、迷走したり、疾走したりしている。そんな新老人が目立つ時代になった。

人生の目的は長寿ではない。医学の任務は延命ではない。

私のいっていることは、多くの誤解を招きかねないだろうが、じつは皆が心の深いところで感じている話なのではあるまいか。

## スーパー老人とはちがう

政治の世界には、高齢者が多い。長老とよばれる老人たちが、まだ元気でさまざまな話題をふりまいている。

いや、そんなことはない、と反論もあるだろう。維新《いしん》の会の橋下徹《はしもととおる》氏や、自民党のプリンスと目《もく》される小泉進次郎氏など若い政治家も目立っている。とはいえ、やはり目立つのは六十歳をこえた大物たちの動きである。

私のいう「新老人」とは、そういう人びとのことではない。浴槽に湯がひたひたとあふれるように、音もなく増えつづける高齢者世代のなかで、新しいタイプの老人たちが目立ってきているのである。

それは社会からリタイアを迫られているにもかかわらず、体力、気力、能力ともにおとろえていない人びとだ。

企業のトップに立ったり、リーダーとして期待されている人たちは、それでいい。八十歳になろうと、九十歳になろうと、望まれる立場で活躍しつづければいいのだ。

しかし、世の中は皆が重要なポストにつけるわけではない。大多数の人は、余力があるにもかかわらず、強制的に退場を迫られるのである。ピラミッドの頂点部分に居坐《いすわ》ることができるのは、ごく少数の幸運な人びとだろう。今の社会は、六十歳から九十歳までの高齢者の巨大な層のエネルギーを、吸収できずに放り出したままにする。

現実に九十歳をこえれば、そのエネルギーも失われてくるはずだ。しかし六十歳からの三十年間といえば、人生を再び生き直すほどの年月である。

それらの層をどのように生かすことができるだろうか。たとえ豊かな経験と知識をそなえ、体力、気力ともに充実していたとしても、そこにはわずかなズレがある。老化は自然に進行しているのだ。その自然の劣化を認めることができないこと、それ自体が老化なのである。

もちろん、そこには大きな個人差がある。それを認めた上で、考えてみる。いわゆるスーパー老人は、あくまで例外にすぎない。その例外を、メディアは理想の老人像のように取りあげて讃美する。

私にいわせれば高齢者が日常の必要として車を運転するのは、やむをえないことだ。しかし老人がポルシェを疾駆《しっく》させたりするのは、世間の迷惑というものだ。それは夢であっても、決して理想ではない。

私も若いころは、そんなスーパー老人を夢想したこともあった。八十歳で赤いポルシェを買う、と書いたこともある。しかし、それはあくまで一つのジョークのつもりだった。

実際に六十代を目前にして、さまざまな面で避けることのできない身体諸器官の劣化を感じざるをえなかったからである。

若いころは、新幹線の「ひかり」に乗ったときは、いつも途中の通過駅の駅名を目視するのが楽しみだった。熱海《あたみ》とか、三河安城《みかわあんじよう》とか、一瞬で飛び去っていく駅の表示が、はっきりと読めたのである。五十代の半ば頃から、それができなくなってきた。飛ぶように流れ去る駅名が、正確にとらえられなくなってきたのである。要するに動体視力がいちじるしく衰えてきたということだろう。

かつては自分で車を運転して、横浜と東京を往復する毎日だった。横羽《よこはね》線の道路のカーブや、路面の変化や、傾斜の具合なども、手にとるようにわかっていた。何十年も通《かよ》っていれば当然である。ことに好きだったのは、子安《こやす》を過ぎて羽田の合流点直前の左へ巻きこんで下っていくカーブだった。深夜、自分が頭の中で考えている走行ラインを、一センチもずれずに走ることが、たとえようもない快感だった。しかし、それも五十代までのことである。実際に走る車の走行ラインが、しばしば頭に描いている線からずれてしまうことに気づかせられるようになってきたのだ。

自動車評論家、ポール・フレールの言葉に魅《み》せられて、超高トルク、エアサスペンションのリムジンに乗ったときなど、暴れる車を押さえつけるのが精一杯だった。やがて、視力、反射神経などの劣化を自覚すると、ハンドルを握ることを断念せざるをえなくなってきた。それは人生の半分を失うような気分だった。

車の運転は、老化を防ぐ有効な方法の一つであるという。たしかにそういう面もあることを私も知っている。同時に手足の不自由な高齢者にとって、車は残された社会生活に必要な手段でもある。アメリカでオートマチック車が必要とされたのは、日々、買物その他で遠距離を行き来しなければならない高齢者のためだった。

私はここで六十代はまだ青年、という論に水をさすつもりはない。人は二十代から老いはじめるのだ。いかに壮健で、いかに気力にあふれていようとも、すでに「人生五十年」をはるかに過ぎていることの自覚をもつ必要がある。一部の例外者をのぞいて、私たちは日々、老いていく存在であることを正しく認めなければならないのだ。

# 新老人　五つのタイプ

## 気高きアングリー・オールドメン

いま老人とは一体、何歳ぐらいからをいうのか。あらためて考えてみる。

一応、六十歳から六十五歳ぐらいを考えるのが普通だろうが、六十歳では早すぎるかもしれない。まあ、六十五歳あたりからを老人として扱うのが適当ではあるまいか。

しかし、現実に六十五歳の人に老人の実感はあるのだろうか。もちろん、ある人もいればまったくない人たちもいるはずだ。私がここでことさらに取りあげているのは、ないほうの人びとのことである。本人にその意識はないのに、周囲は老人扱いする。定年もそうだし、そのほか生活のあらゆる分野で高齢者として区分けされる。

新老人というのは、自分にその実感がないのに機械的に老人扱いされるグループの反抗なのではあるまいか。

冗談半分に、それらの人びとを五つのグループに区分けしてみた。第二次大戦後、

「アングリー・ヤングメン」という世代が話題になったことがある。新老人はべつに怒っているわけではない。だが、あきらかに不満足であり、そこには一種、反抗的気分がある。まだ十分に実社会で活動できるつもりでいるのに、強制的に退場させられたと感じている人びとの不満であり、抵抗の気分である。

自分がどのグループに属するか、またはまったくあてはめられないかを、苦笑しながら考えてみるのも一興だろう。

## タイプA　肩書き志向型

定年で退職したあとも、いろんなことにかかわって、さまざまな肩書きをもつ人びと。会社をやめてみて、はじめて社名の影響力の大きさを実感するのは当然のことだ。六十歳を過ぎれば、重要なポストに選ばれるエリートは別として、大多数はふつうの人になる。それがどれほど不便なことかは、現役時代にはほとんどわからない。名刺に肩書きがなくなったあとは、ただの個人でしかないのである。

「元、ドコドコにいらした方です」

などと好意的に紹介されても、他人は今のその人の立場しか考えない。そして、無名であることに慣れることができる人と、一介の個人になりきれない人がいる。

後者がトライするのが、一種の社会活動だ。体力もある。弁も立つ。組織を動かすコツも心得《こころえ》ている。そういう人を放《ほう》っておく手はない。いちいち例をあげないが、そんな立場で有能な人ほどいろんな肩書きを押しつけられる。本人が満足なら、世間にとってはありがたい存在だ。

## タイプB　モノ志向型

Aタイプに続いて、Bタイプ。

ある年齢に達して、突然、物欲に目覚める人びとがいる。定年退職後に、多少まとまった金も手にはいり、子供たちも大学を出て自立した時期だ。

よくあるのは、一眼レフを買うタイプ。

もちろんライカやローライなど古風なブランドに凝《こ》る人たちもいる。しかし、なぜか一眼レフなのだ。そこが憎めない。バズーカ砲のような一眼レフをさげた集団が、これというアングルの場所にさまざまなポーズで群をなしている。聞いてみると撮影旅行のツアーであるらしい。講師のプロカメラマンが、子供に教えるように講義をしている場面に出くわすこともある。

若いころ、ひょっとしたらミュージシャンになれるかも、などと夢を抱《いだ》いた人びとも少《すく》なくない。そういう人が高価なギターを買う。よくある風景だ。バンドを結成して施設を慰問して回ったりするのは、悪くないアンチエイジングの方法だろう。

時計に凝《こ》る人もいる。大物は車だ。新しいハチロクのカタログを奥さんに隠れてトイレで読む友人がいた。とりあえずモノにひどく関心がある。他人の迷惑になるわけではないから、自分の財布の許す範囲内で勝手に楽しめばいい。ほほえましい存在として、世間も好意的に見てくれるだろう。

## タイプC　若年志向型

七十歳過ぎてジーンズの似合う人は、うらやましい。まれにそういう人がいて、見とれることがある。しかし、あまり流行のファッションに敏感な老人というのも、これはなかなか認知されづらいものだ。それでも、あくまで時代に合わせて生きようとする人びとがいる。それがなんとなく痛々しく感じられるようではまずい。カラオケで最近のヒット曲を上手にうたいこなせば大拍手まちがいなしだが、どこか辛《つら》いところがある。と、いって、戦後生まれの世代に軍歌を熱唱されるのもなあ。

## タイプD　先端技術志向型

七十を過ぎてパソコンに挑戦、いまや達人の域に達した知人がいる。常時、スマートフォン二、三台を所持、あらゆる場面で驚嘆すべき技を披露《ひろう》して周囲を呆《あき》れさせている。もちろん、これはこれで並みはずれた才能といっていい。願わくば現役時代にその才能を開花させてほしかった、と皆から陰口をきかれている。

さらに計画性に富んだ老人たちもいる。現役時代から投資に関心があったり、定年後の生活費をこまかく計算したりする人が、新老人の域にはいると一気にはじける。

テレビのインターヴューなどで証券会社の前からコメントしている一般投資家というのが大体そうだ。こういう数字につよいタイプは、ボケにくいかというと、必ずしもそうでないところがおもしろい。

最近では相続税の特集を組む週刊誌なども目立ってきた。目を通してみると、なんともややこしい。それだけでなく、国は国民の資産をできるだけ巻きあげようともくろんでいる感じが、ありありと伝わってくる。その個人資産の防衛に老後を賭《か》ける情熱は、納得《なっとく》のいく志向だ。しかし残念なことに、エスタブリッシュ階級から見るとゴミ扱いの一般人は、まあ、ほとんどマイナスの結果に終ることが多い。そこを切り抜けて、ある程度の成功をおさめた人びとには、熱烈な拍手を送りたいと思う。

## タイプE　放浪志向型

たとえば山頭火《さんとうか》、身近《みぢか》なところでは映画の寅《とら》さんを夢見る自由人である。デイパックを背負って、よく旅をする。妻や子供たちとは別行動だ。さらに行きすぎると、単身、安い一間《ひとま》のアパートを借りたりする。インド人のいう林住期《りんじゅうき》から遊行期《ゆぎょうき》への憧《あこが》れが心にある。六〇年代、七〇年代のヒッピー文化に郷愁を抱きつづけた世代である。

孤独死とか単独死とかいわれる逝《い》き方に、心惹《ひ》かれるのだろうか。昔なら出家《しゅっけ》したかもしれない。世の中の絆《きずな》を断ち切って、本来の孤独な人間として生きようと夢見るタイプだ。山頭火のようにあちこちに迷惑をかけなければ、これはこれで悪くない老後だろう。

自分自身をふり返ってみて、そのどれかに決めるわけにもいかないが、いずれの要素も自分の中にあることを苦笑とともに認めざるをえない。

むかし買ったブランドものの靴をはいてみることもある。車の雑誌を立ち読みすることもある。いくつかの文学賞の選考委員の肩書きももっている。それなりにデリバティブとかCDSを話題にしたりすることもある。しかし、「ウマっ」とか、「マジで？」などとは口が裂けてもいわない。

いくつかのタイプに分けたのは、一種の遊びにすぎない。とりあえず、不満と反抗のエネルギーが新老人層にふくれあがっていることだけはたしかだ。その明日《あした》は、はたしてどのようなものだろうか。

これからの人間力

## 現実的な人、観念的な人

ウィリアム・ジェームズという人がいる。のっけから偉そうなことを持ち出すようだが、べつによく知っているわけではない。若いころ、訳書を拾い読みした記憶がのこっているだけだ。

いる、と書いたが、いた、というほうが正確だろう。一九一〇年に死んでいる。ロシアの小説家、トルストイと同じ年に世を去っているから、過去の人だ。

電子辞書などを引いてみると、簡単な紹介が出ている。

アメリカの心理学者、哲学者。

プラグマチズムの提唱者の一人として名高い。

プラグマチズムというのは、要するに理想や真理、ロマンチックな希望などよりも、現実を重く見る考え方だろう。実用主義とか、そんなふうに訳されているが、いかにもアメリカ的な思想である。

器具や道具を使って環境を切り開き、行動と経験によって生きるのが人間であると、そんなふうな考え方だろう。

このプラグマチズムの思想は、単なる学問や文化の一つ、ということではなさそうだ。そもそも、アメリカの社会と、アメリカ人の生活態度から生まれた理論である。生活から思想が生まれ、その思想が人びとの生活をさらに強化する。

プラグマチズムの根幹は、つまるところ、次の二つではあるまいか。

道具と行動。

行動を中心に人間心理を考えたアメリカの心理学者に、J・B・ワトソンがいる。いわゆる行動主義だが、プラグマチズムは、「道具」に目をつけたところが深い。

このプラグマチズムは、すでに古風な思想のように見えるが、なかなかそうではなさそうだ。

リーマン・ショックの引金《ひきがね》になった金融工学は、スーパーコンピューターという道具なしにはなりたたなかった。

経済だけでなく、政治、芸術、軍事、その他の全分野において、道具は行動の主役として登場する。対テロ行動においても、しかり。

日本のバブルには、投機という行動はあったが、道具は主役ではなかった。あったとしても、大したものではなかっただろう。

アメリカの軍事ミステリーでは、執拗《しつよう》と思われるほど、武器、兵器、装備の細密描写が延々と続く。そこがおもしろい。

ウィリアム・ジェームズは、宗教に関しても、徹底的にプラグマチックである。最初は、びっくりさせられた。

ウィリアム・ジェームズの著作では、『宗教的経験の諸相』という本が有名だ。そのなかに出てくるのが、「宗教はどういう人間にとって必要か」という問題である。

おおざっぱにいうと、ウィリアム・ジェームズは、こんなふうにいう。

人間には「ヘルシー・マインド」の持主と、「シック・マインド」の持主とがいる。両方入りまじっているのが現実の人間だが、まあ分けるとしたら、そういうことになるだろう。

さて、宗教を必要とするのは、そのなかでも「シック・マインド」の持主である。「ヘルシー・マインド」の持主は、宗教を必要としない。つまり、「宗教的人間」とは、「病《や》める心」の世界に属する。

乱暴なまとめ方だが、いわんとするところは、そういうことだろう。「ヘルシー・マインド」とは、「健康な心」のことだ。それに対して「シック・マインド」は「病める心」ということになろうか。

いわれてみれば、そうなのかもしれない。身もふたもない割り切り方だが、そこがまたプラグマチズムの強味でもある。

明恵《みようえ》といえば、鎌倉初期の名僧として名高い。奇《く》しくも親鸞《しんらん》と同年の生まれだが、三十年はやく死んだ。法然《ほうねん》の「専修念仏《せんじゆねんぶつ》」批判を徹底的におこなった人である。

この人は幼いときから「死」がおそろしかった。死後の世界を思って夜も眠れなかった。

きれいな顔をしていたが、仏道修行《しゆぎよう》のさまたげになるかもしれないと人に言われて、みずから敷石《しきいし》に顔を打ちつけて傷つけたなどという過激すぎるエピソードも有名だ。

幼少のころから「死」を思いつめるというのは、宗教的天才ともいえるが、また世間的には「病んだ心《シック・マインド》」の持主だろう。

心に悩みを抱《かか》える人は多い。借金とか、家庭の悩みとか、男女の愛憎とかいった生活上の具体的な悩みでなく、もっと深い心の悩みをもつ人は実際に少《すく》なくない。

「自分は何者か」

「なんのために人は生きるのか」

「人生は苦《く》である」

などと、ふと思う人も多いことだろう。ジェームズのいう「ヘルシー・マインド」とは、あまりそういう観念的なことで悩まない、現実的な人間のタイプをさす。そう考えれば、私たちのまわりに「ヘルシー」タイプの人はかなりいるはずだ。

そういう心の持主を「健康な心《ヘルシー・マインド》」の持主とよんでいいかどうかは、この際、考えないことにする。問題は「シック・マインド」（病める心）の持主のことである。

## 快活に生きるか、悩んで生きるか

考えてみると、人間を二つに分けることなどできないような気がする。「ヘルシー・マインド」の持主と、「シック・マインド」の持主とは、共に同じ人間だ。人は、ときに元気にもなり、ときに心痛を抱《いだ》いて生きることもある。病気と貧困が重なってくれば、どんなに健康な心の持主でも、暗くならざるをえない。だからウィリアム・ジェームズの発想には、根本《こんぽん》から無理があるように思われる。しかし、一方で、世の中には、明朗快活なタイプと、いつも陰気なタイプがいることも事実だ。

とんでもない辛《つら》い状況のなかでも、元気な人はたしかにいる。また、恵まれた生活をしながら、悶々《もんもん》と悩みつづける者もいる。

気質ということは、否定できない事実である。

「宗教的人間」と、「非宗教的人間」という明快な分け方はできないにしても、なんとなくそういう違いはわからないでもない。

そもそも「シック・マインド」とは、なんだろう。病める心の持主とは、どういう人間をいうのだろうか。

すぐに頭に浮かぶのは、「悩む」人間のイメージだ。「考える」人間、「意識する」人間は、必ず悩む。もっと現実的な悩みとしては、病気と金の問題がある。恋愛で悩む人間もいる。家庭問題も悩みの種《たね》だ。

しかし、「悩む」人間、イコール「宗教的人間」ではない。経済的な問題が解決すれば、たちまち元気になるようなタイプは、むしろ「非宗教的人間」というべきだろう。考えれば考えるほどややこしくなるが、それでもウィリアム・ジェームズの指摘は気になるところがあるのだ。

そもそも完全に「健康な《ヘルシー》」心の持主など、この世にいるものだろうか。キリスト教文化には、原罪という発想がある。仏教には苦の世界という土台がある。

人は生まれながらにして「病める」存在である、という感覚を私はぬぐいさることができないできた。

すべての生物は、生きるために他の生物の命を食べなければならない。羊が食《は》む草にも命がある。稲は人に食べられようとして実《み》をつけるわけではない。

などと考えるのは、典型的な「病める」心の持主だろう。生存競争を、世界のあり方として肯定しないで生きることはできないのだ。

それを明朗に割り切って受け入れることのできる人間は、はたして「健康《ヘルシー》な」心の持主なのだろうか。

人を二つのタイプに分けることは、難しい。だが、それでも世の中には、のぼる朝日をおがむ人間と、夕日に合掌《がっしょう》するタイプがいるのは事実だろう。

昼型と、夜型という区別もある。高血圧タイプと、低血圧タイプもある。そして難しいのは、「宗教的人間」が必ずしも低血圧タイプではないことだ。宗教指導者のなかには、どう見ても高血圧型としか思えない人物も少くない。

「現代人に宗教は必要か」などというテーマで、雑誌などが特集を組むことがある。気持ちはわかるが、そもそも必要に迫られて宗教に接近するなどということは、意味がないのではないか。

偶然、ということもある。偶然のように見えて、じつは深い縁《えん》があったのだという見方もあるだろう。熱心にすすめられて教団にはいる人もいれば、生まれた家が信者だったという例もある。

「病める心」の持主が宗教に惹《ひ》かれる、という意見にうなずくところもあるし、首をかしげるところもあるのだ。

「病んだ心」といえば、科学や数学に対する絶対的確信というのも、一つの「病んだ心」ではあるまいか。そもそも、科学的にものを考えるとすれば、「絶対」などという話が出てくるわけがないだろう。

人間という生物は、それほど利口《りこう》ではない、と、いつもひそかに思うのだ。宇宙へいこうが、ミクロの世界が解明されようが、それはそこまでの話である。

日々の世界のニュースを見ていて、人間はほとんど「病んで」いる、と感じない人がいるだろうか。

もちろん、その一方で人間への信頼をよみがえらせてくれるような情報も、ないではない。どちらに視線をそそぐかは、その人の思想や人格ではあるまい。
世界を、わかったつもりで語ること自体が「病んだ心」ではないか。人間はわからない、世の中はわからないことばかりだ、とため息をつくのは、「病める心《シック・マインド》」なのか「健康な心《ヘルシー・マインド》」なのか。

私たちは、そう利口ではない、それどころかじつに愚かである、と感じることの多い最近である。しかし、そういう思いの行手《ゆくて》に宗教の世界がある、とは考えられないのが、今の時代の難しさだ。「病める心」を抱えたまま、漂流しつつあるというのが、私たち現代人の姿なのかもしれない。

## 人が宗教を意識するとき

仏教は智恵《ちえ》と慈悲《じひ》の教えである、という。まあ、そんなところだろう。仏教の智恵は、もともと苦の世界にどう生きるか、人間が安らかに生活するためにはどうすればいいか、を論理的に語る教えである。欲望や本能を制御して、悟《さと》りにいたる方法を、プラグマチックに説く。そのハウツウがやがて学問になり、唯識《ゆいしき》とか倶舎論《くしゃろん》にまで成熟する。

しかし、平安末、激動の鎌倉初期に世に出た法然は、この仏教の智《ち》の体系を、必要ないと言い切った。

智恵と慈悲より先に、信《しん》を押し出したのだ。もちろん、その背景には、広大な智恵と慈悲の大海がよこたわっている。しかし、世は末世《まっせ》だ。海は荒れ狂い、智にも慈悲にも目を向けるすべはない。溺《おぼ》れかかっている人びとに、悟りを求めることは不可能だ。

法然はボートから一本のロープを投げて、大声で呼びかける。

「このロープにつかまれ」と。

ロープがどんな素材でできているのか、ロープを投げた相手の動機はなにか、どのようにしてロープはボートに引きよせてくれるか、などと検討、論議している場合ではない。ただ信じてロープをつかむのだ。そうすれば必ず助かるぞ、と。

そういう状況のもとにおいても、知的な人間はいるだろう。このロープが必ず自分を救ってくれることが論理的、科学的に証明されない限り、自分はロープにつかまらないと思う人がである。

それはそれで、立派な姿勢だと思う。その姿勢をつらぬき通して、溺死《できし》してこそ本物の科学者だ。

人が宗教を意識するのは、たぶん人間はそれほど利口ではない、と痛切に感じるときなのではあるまいか。

人間はそれほど利口ではない。自分もそうである。この世界には人智《じんち》のおよばぬ部分がある。

親鸞はそれを「不可称《ふかしょう》」「不可説《ふかせつ》」「不可思議《ふかしぎ》」の世界、といった。「義なきを義とす」ともいっている。たぶん宗教というのは、そういった世界だろう。それは神秘主義とも、迷信《めいしん》ともちがう。どこがちがうかといえば、神秘主義は説明をするからだ。迷信はそれにともなう現実的な利益が前提にある。

「このお守りを身につけていると、交通事故にあわずにすみますよ」

とか、

「これこれの家相は家族に不幸をもたらす。それはこれこれの原因によるものだ」

などと、具体的な説明や、目に見えるご利益《りやく》を保証するのだ。しかし、「不可思議」の世界は、それをしない。

「迷信」

と、

「不可思議」

は、ちがうと思う。どうちがうかと聞かれても、うまく説明はできない。だが、

「迷信」

とは、わからないことを、わかったように説明することである。たとえば私たちは、なんとなく「四」という数字を嫌う傾向がある。「四」は「死」に重なる縁起《えんぎ》の悪い数字だ、と、もっともらしく説明される。しかし、さらに突っこんで考えてみると、「死」は忌《い》むべきことか、という問題につき当る。

「死」をめでたいと考える人は少いだろう。ただ、なんとなく不吉《ふきつ》なように感じているのだ。

しかし、法然、親鸞《しんらん》らの浄土教《じょうどきょう》の立場にたてば、浄土に往生《おうじょう》する、ということは、め

でたくも喜ばしいこととなる。

原理としてはそうだが、人間だれしも現世に未練はあるだろう。一日でも長生きしたいというのが凡夫《ぼんぷ》の心である。

『歎異抄《たんにしょう》』のなかで、親鸞もそのことをいっている。

頭では浄土《じょうど》に迎えられることは、よろこばしいことだと思いつつ、実際には、自分もこの世に執着《しゅうじゃく》する気持ちは捨てがたい、と、弟子《でし》に苦笑して語っているのだ。やはり人間は「死」がおそろしいのだ。なぜおそろしいのか。それは、未知の領域だからである。

死ねば浄土に迎えられると信じてはいても、実際にあの世から帰ってきた人はいない。ブッダも死後の世界に関しては、答えることをしなかった。「無記」という表現が、そのことを示している。

なぜ答えなかったのか。ブッダは空想で物事を語ることをしなかった。自分が体験して、おのれ自身がはっきりと証明できることしか人に説かなかった。世の中に死後の世界にいって、この世に戻ってきた者はいない。その人自身の体験として死後をレポートした人間は、実際にはいないのである。

だからこそ「死」はおそろしい。その「死」と音が重なる「四」を、人が無意識に避けるのは「死」に対する恐怖のせいである。

そのように表面的に説明がつくのが「迷信」だ。それに対して「不可思議」の世界は、さもわかったような説明をこばむ。人間は、それ故に、理解することとは別に、「信」じることを大切にするのではあるまいか。人間は、それほど利口ではない、と、あらためて思う近頃だ。

## ホラの効用について

考えてみると、大ボラを吹くのは、どちらかといえば南方系の人間のような気がするのだが、どうだろうか。

私は九州の出身だから、その辺はよくわかる。十五センチぐらいの魚を釣って、

「こげん大《ふと》か魚ば釣ったばい」

と、両手を一メートルほどひろげてみせる。聞いているほうも、適当に調子を合わせる。

「この川に、そんな魚はおらんじゃろう。正確には何センチやったか、正直に言うてみろ」

などと水をさすようなことはしない。

「またこん男は大ボラば吹いて」

と、笑いとばしてしまう。座が盛り上れば、それでいい。

夢野久作《ゆめのきゅうさく》というのは、福岡出身のじつにユニークな小説家だった。これはもちろんペンネームである。

三年寝太郎ではないが、いつもボーッとして、とりとめのないことをぶつぶつ言っている。そんな現実ばなれした人間のことを、福岡のほうでは、

「夢野久作どんのごたる男ばい」

などと言っていたらしい。いいかげんな話をするだけではなく、夢か現実かさだかで

はないような話をする男、というイメージもある。

「あの家の次男坊は、ほんなこつ夢野久作どんのごたるね。あれじゃ親も大変ばい」

などと言うわけだ。

いずれにせよ細部の正確さは、この際、問題ではない。話がおもしろいか、おもしろくないかが基準になるわけだから。

四国も、どちらかといえばその系列に属するのかもしれない。

『よさこい節』などをきいても、思わず吹き出したくなってくる。これこそ大ボラ吹きの風土である。坂本竜馬なども、どちらかといえばそのタイプだろう。

私自身の中にも、ホラ吹きの血が流れているようだ。なにしろ九州人で血液型Bタイプなのだ。

いわゆるサービス精神というか、そこからいろんなエンターテイナーが出てくる。正しくてつまらない話よりも、おもしろいホラのほうを評価するという風土は、たしかにあるような気がする。

花田清輝《きよてる》などという変った批評家も、福岡出身である。たしかオッペケペ節で明治の人気者だった川上音二郎《おとじろう》も、博多《はかた》の人だったのではなかろうか。

「ホラ吹き」というのと似た表現に、「大風呂敷《おおぶろしき》」という言葉がある。最近ではほとんど聞くことがなくなった。

これは「大風呂敷をひろげる」というように使うが、「ホラ吹き」とは、ちょっとニュアンスがちがう。どちらかといえば、実現可能な話を、五倍、十倍にして語るという感じである。

「ホラ」というのは、奇想天外でもいいのだ。いや、そうでなければおもしろくない。「大風呂敷をひろげる」人には、政治家、実業家といった職業のプロが多い。これに対して、「ホラ吹き」は、定職がないというか、あまり具体的な話をテーマにすることが少いのではないだろうか。

明治維新のころには、「大風呂敷をひろげる」人たちが大活躍をした。のちにその系譜は、アジア浪人《ろうにん》、大陸浪人といわれる東洋浪漫《ロマン》派の人脈に流れこむ。五族協和とか、大東亜《だいとうあ》共栄圏とか、そのアイディアは、現実性がある。理想としても評価できる。しかし、そのプロセスに具体性がないのが問題だった。

私の父親は、しがない下級公務員だったが、石原莞爾《いしわらかんじ》の東亜連盟に共感を抱き、その周辺の人と個人的につきあっていた。

小倉師範《こくらしはん》学校時代から剣道部で少し名の知られた剣士の端くれだったし、川筋会《かわすじ》とい う会にも接触していたから、どこかに「大風呂敷をひろげる」傾向があったのだろう。

平田篤胤《ひらたあつたね》をよく読んでいたようだから、多分にその影響をうけていたのかもしれない。

この平田篤胤という人は、江戸後期の国学者である。いわゆる復古神道《ふっこしんとう》を体系化した と評されるが、国学者として尊王《そんのう》派にも影響をあたえた。

しかし、平田篤胤のユニークなところは、ある意味でスピリチュアルな世界に独特の かかわり方をした点にある。

キリスト教などもよく勉強していた、という説もあるが、霊能的、超常的世界に接点をもっていたところがおもしろい。

この人などは、「大風呂敷」ではなく、むしろ知的な「ホラ吹き」に属するのかもしれない。しかし、本人が、その世界を固く信じていたことを思えば、単なる「ホラ」ともいえないのである。

## せめて憂《う》き世をおもしろく

「真実」は良くて、「ホラ」は悪い。

世間では、そういわれているし、また、そう思われているはずだ。

しかし、「おもしろさ」というのは、真実よりも大事なことだと思うこともある。

なぜかといえば、人は心の中で「本当のこと」を、無意識に感じているからだ。

「本当はこうなんだよ」

と得々と語る人は、相手のそんな心の動きには関心がない。「痛い真実」というのは、相手はすでにひしひしと感じている。

この世は「浮き世」であるとともに、「憂き世」である。

〈不語似無憂〉

「語ラザレバ憂《うれ》イ無キニ似タリ」

というのは、無言の真実に押しつぶされそうになる人の心を、よく表すフレーズだろう。せめて憂き世をおもしろく、というのは、「苦の世界」に生きる人間の素直な願望ではないだろうか。

真実は私たちの周囲にみちみちている。そこから目をそらそうというわけではない。人は自分をとりまく真実が重たければ重いほど、そこに一陣《いちじん》の涼風のように吹きこむ愉快な時間を求めるものなのだ。

もちろん「ホラ」にも、いろいろあるだろう。なかでも私が苦手《にがて》なのは、自慢の「ホラ」だ。もちろん人は自慢をしたがる動物である。罪のない自慢は、まあ、いいが、聞いているうちに腹立たしくなってくるような自慢ばなしもある。

それは、ここで私がいう「ホラ」ではない。「ホラ」の最低必要条件は、それが「おもしろい」ことである。聞くほうのフラストレーションが一気に解放されるような「おもしろさ」がなくてはならない。

また「罪のないホラ」である必要もある。「ホラ」に目的があってはいけないのだ。その場限り、利害とかかわりあいのない「ホラ」こそ、本当の法螺《ほうら》だろう。

考えてみると、いわゆる「お説法《せっぽう》」というのも、上質な「ホラ」の一種かもしれない。極楽浄土《ごくらくじょうど》の話も、地獄の話も、実際には誰もいったことのない話なのだ。

古来、宗教は人びとに「真実のホラ」を語りつづけてきた。それを聞く人びとは感動し、信仰《しんこう》にみちびかれる。「おもしろさ」とともに、「ホラ」には「ありがたさ」が必要なのかもしれない。

地獄、極楽というイメージが庶民大衆のあいだに定着したのは、平安時代ではないだろうか。もちろん、極楽とか地獄とかいう世界への関心は、それ以前からあった。

しかし、世間の人びとの頭に、具体的な絵図として登場するには、しばらく時間がかかる。

そこに登場したのが、源信《げんしん》という人物だ。

恵《え》心僧都《しんそうず》源信《げんしん》。

平安中期の学僧である。

のちに親鸞も学ぶことになる比叡山《ひえいざん》の横川《よかわ》に住んでいた。

もともとは大和《やまと》の二上山のふもとに生まれた人だ。

著作に『一乗要決《いちじょうようけつ》』などがあるが、なんといっても源信の名を高めたのは、『往生要《おうじょうよう》集《しゅう》』である。

そのなかに地獄、極楽の目に見えるような描写がある。

そこに描かれた地獄の諸相は、人びとを戦慄《せんりつ》させた。そして寺では壁に地獄図が描かれ、僧侶《そうりょ》が竹の棒を持って絵をさし示しながら、地獄のおそろしさを物語る。

大道芸人は、地獄図絵巻をひろげて、集まる見物人に見てきたような話をする。

大人でもおそろしかっただろうから、もし子供がその場にいたら一生消えない地獄のイメージが焼きつけられたにちがいない。

これをホラといってしまえば叱《しか》られそうだ。しかし、自分で見たわけではない。死んで帰ってきた人はいないのだ。

見たこともない世界を、リアルに物語るのは、やはりホラの一種といっていい。

そして大事なことは、人びとがそのようなホラ話を真剣に求めたということ。

死後の世界というのが、リアルな明日《あした》の姿として求められた時代だった。

いま、核の事故に関して、さまざまな論議がくりひろげられている。どの意見も、一理あるように思われる。しかし、放射能は見えない世界だ。その影響も、「ただちに」と「ゆっくり」との二つの時相《じそう》をゆれ動いている。ここはホラ話ではなく、真実に少しでも近い発言を期待したいものである。

「許されるホラ」もあり、「許されないホラ」もある。「おもしろい」とか、「おもしろくない」とかいう主題ではない。「ホラ」も時に応じて、ということだろうか。

高度成長とバブルの崩壊以後、この国をおおう空気は、ひとことでいうなら「鬱《うつ》」の空気だろう。

くわえて未曽有《みぞう》の大災害が東日本をおそった。その後に続く放射能汚染問題は、いまだ列島全体をゆるがせている。

事故当時の東京の夜は暗く、節電と自粛ムードのなかで、人びとの表情にもどことなく疲労の影が濃く感じられていた。

国民全体が鬱にとりつかれたような気配だった。

そのころ、目にした言葉で、

〈共感疲労〉

というのがあった。

人はおのずから他人の運命に共感共苦するものだ。苦しんでいる人、悲しみにくれている人の姿を見ると、おのずとこちらの心も痛みを感じる。人間的な心は、自然とそのように動くものである。

東日本のニュースを見て涙する。さまざまな報道や写真を目にして、自分の体にも痛みを感じる。おのずと悲しみにひたされ、涙がにじむ。

それが数カ月も続くと、人の心も萎《な》えてくる。その共感が真実のものであればあるほど、心が痛むのだ。

金属に「金属疲労」というものがあるように、人の心にも金属疲労がおこる。

そして病気でもないのに体調がすぐれず、終日、ずっと心が閉《とざ》されていく。

これが「共感疲労」といわれる症状だ。

それが人間的な素直な共感から発しているだけに、それを病気とか、単なる鬱状態とよぶことはできない。

人間的な、心の優しい人ほど、そんな症状におちいり、そのことで苦しむことになるのである。

明かるい「ホラ」話や、愉快な「ホラ」は、そんな状態のなかにおちこんでいる社会への一つの救いではないだろうか。

アウシュヴィッツの収容者たちが、極限状態のなかで、「一日に一つの笑い話を披露《ひろう》しあおう」と決めて、無理やりひねり出したジョークで力なく笑う話があって印象的だった。

「大法螺《だいほうら》を吹く」というのも、仏教の一つの智恵と慈悲の表現かもしれない。よき「ホラ吹き」になることも、また難《かた》きかな、とつくづく思うのである。

## 深沢七郎さんの対談力

月日がたつのは、はやいものだ。

深沢《ふかざわ》七郎さんが亡くなってから、二十五年はたっている。四半世紀が過ぎた気がまったくしないのは、深沢さんの存在感が年ごとに色濃くなっていくせいだろう。
深沢さんは一九五六年に『楢山節考《ならやまぶしこう》』で作家として衝撃的なデビューをはたした。そのとき深沢さんはプロのギタリストだった。桃原青二《ももはらせいじ》というのが音楽家としての名前である。

私が新人賞をもらって小説を書きだしたころ、深沢さんは埼玉のラブミー農場で百姓生活にはいっていたはずだ。また今川焼の店をひらいてもいる。たしか「夢屋」という店だったと思う。

私は深沢七郎さんを小説家として尊敬していたが、ミュージシャンとしても敬愛していた。対談のおりに、音楽のことを沢山しゃべったのは、そのためである。雑誌に対談をのせる際には、その部分はかなりカットされている。ギターを聴かせてもらった場面も、再録されてはいない。

当時、実業之日本社から『週刊小説』というユニークな雑誌が出ていた。小説を中心にした週刊誌、というところがミソである。

執筆陣に竹中労《ろう》、平岡正明、松田政男、などが参加していたといえば、変った週刊誌だということがわかるだろう。若松孝二《こうじ》、斎藤龍鳳《りゅうほう》、太田竜《りゅう》などの各氏も、なんらかの形でかかわっていたのではあるまいか。

その『週刊小説』誌上に、私がホストになって、連載対談をのせていたのは、いつ頃のことだっただろうか。今はほとんど記憶が曖昧《あいまい》になってしまっていて、さだかではない。

そのシリーズは「ぶっつけ対談」という。対談といえば、普通はかなり早くから準備をして、時間をかけて構成し、掲載されるのが常識である。

だが、「ぶっつけ対談」は、そうではなかった。なんでも常識破りをおもしろがる悪いクセで、文字通りの即興的な対談にしようと、最初から企画したのだ。

その日、なんらかの都合で出会った相手と、カフェや食堂で雑談をする。偶然に会った人と、歩きながらのお喋《しゃべ》りでもいい。適当にレコーダーを回しておいて、構成者に渡す。その日のうちにまとめて入稿する。写真も簡単にシャッターをきって、写っていたものを使う。

そんな気ままな企画が、ちゃんとした週刊誌でOKされるような、すこぶる自由な時代だったのである。おもしろい時代だった。

私が深沢七郎さんと対談をさせていただいたのは、そんな時代だった。正確なところは憶《おぼ》えていないが、たぶん「ぶっつけ対談」のゲストとしてお願いしたように思う。もちろん、この場合はアドリブの対談ではなく、あらかじめセッティングしての対談である。

それとは別に、七〇年代のはじめ『週刊サンケイ』誌上で、二週にわたって対談をした。

私自身、もうすっかり忘れてしまっていたのだが、こんど河出《かわで》書房新社から深沢さんの対談集が出て、そこに再録されることとなったのだ。タイトルは『生まれることは屁《へ》と同じ』。

見本を送ってもらって、読んだのだが、これがめっぽうおもしろい。登場する対話者の名前をあげてみる。

唐十郎《からじゆうろう》、大橋巨泉《きよせん》、野坂昭如《あきゆき》、秋吉《あきよし》久美子、ヨネヤマ ママコ、樹木希林《ききき りん》、寺山修司《しゆうじ》、横尾忠則《ただのり》、小沢昭一《しょういち》、高峰《たかみね》秀子、大藪春彦《おおやぶはるひこ》、など、一くせも二くせもある侍ばかり。六〇年代、七〇年代の匂《にお》いがプンプンするラインナップである。

それらの人びとを相手に、深沢さんはじつに淡々と自由にお喋りをくりひろげている。その自在な語り口は、これはもう天与《てんよ》の才能としかいいようがない。ある時は饒舌《じょうぜつ》に、ある時は言葉すくなに、時間の流れを制御しながら話を進めていく。

時間を制御するのは、メロディーではなくてリズムの感覚だ。深沢さんの対談力は抜群だが、それはミュージシャンとしてのリズム感のあらわれだろう。

冒頭に出てくる唐十郎との対談などは、対話として抜群の躍動感がある。いずれも単行本未収録の対談だというが、深沢さんがこんな凄《すご》い「対談力」の持主だったと、あらためて知らされた一冊だった。

対談といえば、新人のころから今日まで、ずいぶん数多くやってきた。一体どれくらいの相手と対談する機会があったのだろうか。

いちど眠れない夜に、それらの人びととの名前をランダムに数えてみたことがある。五百人までは思い出せたが、いつのまにか眠ってしまっていた。

以前、白水社の某編集者が、

「全対談集を出してみませんか」

と、すすめてくれたことがあった。久野収《くのおさむ》さんの全対談本が出たころのことである。すべての対談の内容を全部収録するのは、とうてい無理だ。だから年代順に、一人一ページをあてて、サワリの部分だけをダイジェストするという案だった。

一九六〇年代から二十世紀の終りまでを集めれば、一つの年代誌になるかもしれない。各ページの右肩に写真を入れて、その本をパラパラと素早くめくると、その時代に活躍した人物が走馬燈《そうまとう》のように連続する。こいつはなかなか悪くないアイディアだと思ったのだが、なにせ登場人物の数がやたらと多い。それぞれの相手に収録の許可をお願いして、写真まで入手するとなると、その手間だけでも気の遠くなるような労力が必要だろう。

結局、計画倒れに終ってしまったのは残念だった。

私は以前から「書かれた文章」に対して、オーラルな「語られた言葉」を大切に思ってきた人間である。

だから文字で書く仕事と、インターヴューや対談などとを、まったく同じように扱ってきたつもりだ。「書きおろし」と「語りおろし」のあいだに差をつけない立場である。雑誌や新聞に連載を書くのも、ラジオや週刊誌で対談をやるのも、表現という意味では変りはないだろう。

ブッダも、孔子《こうし》も、イエスも、ソクラテスも、すべて口舌《こうぜつ》の人である。彼らは対話と説得がもっぱらの仕事だった。

座談会というスタイルは、菊池寛《きくちかん》の発案だったといわれている。しかし、対談の形式は、すでに古代から重要な表現方法だった。問答というのもそうだ。口伝《くでん》というのもある。読誦《ずしょう》、暗唱なども声と言葉の作業である。音楽でいうなら、対話は二重唱、問答はフーガのような趣きがある。座談会はさしずめ混声合唱か。

深沢七郎さんは、対談の相手によって口調がちがう。それでいて一貫してぶれない自分というものがある。そこが凄い。

冒頭の対談者は、唐十郎である。唐さんも深沢さんも、双方、言いたいことをしゃべって、行儀の悪いところがめっぽうおもしろい。

**深沢**　今日の芝居で緑のオバサンをやったのは誰?
**唐**　麿赤兒《まろあかじ》です。
**深沢**　彼はいいねえ。あばれるところがいいねえ。男なのに緑のオバサンなの?
(中略)
**唐**　この間、南鮮《なんせん》の金浦《キンポ》空港によど号が降りた時、まるでマルコ・ポーロを迎えるような朝鮮の女が「ここは平壌《ピョンヤン》です」というカモフラージュのため花束をもってやってくるのですが、それこそ、あの日、下谷万年町《したやまんねんちょう》から姿を忽然《こつぜん》と消したお市やお春の群れにわたしには見えまして、まるで優しさが岩でした。万年町では異端であった者が金浦へ行って正統になったのでしょうか。肉体というのは血のつまったどん袋ではなく、息口を持った風の器のようなところがあるから、万年町では凹面体、金浦では凸面体でのさばることもできるんですね。マゼランの死高点が喜望峰なら、私たち一族の死高点は、満州であったような気もします。深沢さんの他国の女はどこにいるんですか？

**深沢**　スパニッシュですね、ギター弾《ひ》くから。外国っていうとスペインですねえ、踊子なんかのちょっとした立姿にもしびれますね。ギターをやりはじめた時からそうでしたね、だけど、そのスペインへも行かなかったから、行きたい時行かなかったから行かずじまいですよ。心臓で死にそうになった時、どうせ死ぬなら外国行かなくってよかったと思ったですね。どういうわけかそう思ったですよ。わたしは、行くならその国の人になっちゃいたいですね。その土地に住みたいですね。

**唐**　スペインか。おくまが帰りしなに物干台の上でスパニッシュ・ダンスをやるという風に考えてもいいわけだ。やはりこれは熱に浮かされてるな（笑）。

**深沢**　そこまではねえ（笑）。どこにでもいるような四十、五十のおばさんを朝鮮舞踊の色彩の中へ入れたくて、そういう小説を書いたことはありますけど……ああそういえば、朝鮮舞踊とスパニッシュは似ているかも知れないねえ。

この対談がおこなわれたのが、一九七〇年。雑誌『海』の誌上だった。あれから四十数年が過ぎている。

小沢昭一さんとの対談は、こんなふうに展開していく。

**深沢**　生まれたところはどこですか？

**小沢**　東京です。東京の純然たる町っ子で、生まれは下谷、育ちは蒲田《かまた》です。

**深沢**　ぼくは山梨のほんとのいなかで、子どものころ東京で新しい歌がはやると、それがいなか流に料理されて歌ってましたね。（歌いはじめる）〽ごうごうとたつきては、武夫と浪子の別れ道、泣いて血を吐く不如帰《ほととぎす》、二度と会えない汽車が出る……なんッてね、歌うんですよ。むかしの歌は物語りンなってるんですが、こういうのはなんて歌になるのかね。

**小沢**　わらべうたっていうんですかね。それとも手まり唄みたいなもんですか。

**深沢**　わらべうたとは違うんじゃないですか。恋の歌だからね。〽武夫が戦地に行くときは、浪さんまっ赤な腰巻きを……〝腰巻きを〟じゃない……（笑）。
**小沢**　腰巻き振っちゃいけません（笑）。
**深沢**　〽浪さんまっ赤なハンカチを、打ち振りながら、ねえあなたア、早く帰ってちょうだいよ……まあ、いなかのことだからね、すぐ替え歌にしちゃうんですね（笑）。
**小沢**　そういう日本の歌、子どもが歌わなくなっちゃったですねえ。歌に限らず、大道芸とか手まり唄とか、木の天井だって、ずうーっとむかしからあった日本のものが、いま急になくなりはじめているんですね。

こうして話は大道芸のこと、セックスのこと、そしてテレビの功罪へと転調していく。

そういえば深沢さんのＬＰレコード『祖母の昔語り』には、私が短文を寄せている。対談のなかで、深沢さんは、こんなことを言ってらした。

**深沢**　あたしはクラシックのギターで、タレガ派なんですけどね。たとえば、有名な『アルハンブラの想い出』、あれ、タレガの曲ですけど、おれが弾くと、やっぱり『荒城の月』になっちゃうですよ。

**五木** へえ。

**深沢** 呪《のろ》うべき民族性でね。とってもスペインで聞いてもらうわけにはいかないから、一番好きな浄瑠璃の太棹《ふとざお》（三味線）かなんか習って……。

ゼスチュアをまじえながら軽やかにしゃべっていた深沢さんの声を、まざまざと思い出した対談集だった。

# 元気で長生きの理想と現実

## ナチュラル・エイジングのすすめ

寒くなってくると体のあちこちに不具合が出てくる。それをなんとかゴマかして生きるだけでも大変だ。

年をとると自然の老化があらゆる面で露呈してくる。

それを少しでもくい止めようと、アンチエイジングという発想が流行しているらしい。

しかし、老化は自然の成りゆきであって、病気ではない。

アンチ、アンチと騒ぐよりも、むしろナチュラル・エイジングを考えるべきではないだろうか。

などと、偉そうなことをいっているが、たとえ自然の摂理《せつり》ではあっても、身心の老化はまことに不快なものである。

私は以前から「養生《ようじょう》」ということを言ったり、書いたりしてきた。「養生」はいわゆる「健康法」とはちがう。アンチではなく、自然に老いるための工夫《くふう》だ。したがって、いくら「養生」にはげんでも、ずっと元気というわけにはいかない。年齢以上の老化を避けるだけの話である。

最近、実感するのだが、老化はまず脚にくることが多い。膝《ひざ》が痛かったり、太股《ふともも》が痛かったり、足首が不自由だったりと、いろいろある。

これに病名をつけると、なんとなくはっきりするような気がするが、実際はそれほど明快な現象でもないのだ。体の不具合は、常に複合的な理由によるからである。最後にいきつくところは、「老化」という疑いようのない真実と向きあうしかない。

〈養生〉も〈健康法〉も、百点満点の体調をめざすものではないだろう。その歳なりの自然な老化こそ目標であって、不自然な元気が目的ではないはずだ。

若いときから歯で悩む人は少《すく》なくない。故・山口瞳《ひとみ》さんは、直木賞の選考会で顔を合わせるたびに、歯のことを嘆いておられた。

歯も、体も、親から受けついだ体質というものがある。生活習慣だけが体調の原因ではない。そう思うと、この世はじつに思うにまかせぬものだなあ、とため息が出てくる。

最近、つくづく思うことがある。

それは、人間、生きているだけでも大変だ、ということである。

なにもしないで生きる、それだけでも人生とはじつに大変なことなのだ。

たとえば、息をする。これもなかなか楽なことではない。そんなことをいえば、笑う人もいるだろう。息をするなんてなんの努力もいらないではないか、と。

しかし、はたしてそうだろうか。呼吸する、単純にそのことだけでも、それなりの努力が必要だ。人は息をすることにも、エネルギーを使う。寝ることにも、エネルギーがいる。黙ってぼんやりしていたとしても、そのこと自体が決して楽ではない。

つきつめていえば、人はこの世に生存するだけでも、相当に大変な努力をしているのではないか。

なにをいってるんだ、といわれそうだ。汗水たらして一日中ずっと働きっぱなしの生活なら、それなりに苦労もあるだろう。ただ漫然とぼんやり生きているだけで大変などと、甘ったれたことをぬかすんじゃない、そう叱《しか》られるかもしれない。

それでも私は、やはり生きていることは、それだけでも大変だと思わないわけにはいかない。息をするのも大変だ。寝るのも大変だ。ものを食べることも大変だ。すべてこの世に存在すること自体が大変なのだ、そう真剣に思う。

このことを、理解できる人と、まったく納得《なっとく》がいかない人と、世間の人はその二つに分かれる。たぶんそうだろう。

それはいうなれば、「生存悪」という表現にピンとくる人と、まったくなにも感じない人とのちがいだ。べつに「生存悪」を感じる人が高級だとか、まともであるとかいっているわけではない。むしろ「生存悪」なんてものは、まったく無視して生きる人のほうが幸せだろうと思う。

しかし、世の中には生まれついての人間の性《たち》というものがある。気質といってもいいし、性格と考えてもいい。業《さが》といえばなんとなく暗くなるが、いずれにせよそれは本人が選んだことではない。

明恵《みょうえ》という中世の坊さんは、『夢記《ゆめのき》』などで知られているが、後年、法然《ほうねん》を徹底批判した人として名高い。前述したように、この明恵は、すでに子供のころから仏門に憧《あこが》れ、おのれの美貌《びぼう》が出家の邪魔になると感じて自分の顔を焼こうとしたこともある。そんな人もいる。べつに偉いとか偉くないとかいうことではなく、人間のタイプの問題だろう。

もう聞く人の耳にタコができるくらいに私が永年いいつづけてきた話に、フランクルの『夜と霧』のエピソードがある。強制収容所ではもちろんのことながら、生きるだけでも大変だった。しかし、極限状態でなくても、生きることは大変である。さらに最近では、人間が無理やり生かされるという状況が出てきた。

長寿社会というが、本当にすべての人が長く生きることを望んでいるのだろうか。私の実感からすると、七十歳を過ぎたころから、人は一般に生きることに疲れを感じはじめるものだ。恵まれた環境で、日々生きることに歓《よろこ》びと生き甲斐《がい》を感じている人はいい。しかし、現実の問題として、人間という動物の自然な生存期限は、はたしてどれくらいのものなのか。

生きることに疲れる、というのは、当然のことながら身体的なものだ。しかし、そのほかに精神的な疲労もある。俗に「お迎えがくる」などと言うが、そろそろこの世におさらばしたい、と感じる時期が人にはあるものだ。

奈良のほうに「ポックリ寺」などというお寺があって、人気を集めていた時期があった。

一日でも長く生きたい、と願いつつ、人は心の底で、「もうそろそろいいかな」とふと思う時があるのではないか。

## 長寿は無条件の幸せではない

人間の本来の欲望のなかに、生存欲というものがある。人は無条件に生きながらえることを欲する。生命の危機に直面すれば、九十歳、百歳の長寿者でも飛び上って逃げるだろう。人間とはそういうものなのだ。

しかし、一方で生きることにうんざりするという時もないわけではない。

人は死ねば浄土《じょうど》に往生《おうじょう》する、と信じられることは、幸せなことだ。信じることができれば、それはまちがいなく実在するからである。しかし、浄土への激しい憧れは、地獄という世界への戦慄《せんりつ》と恐れに対応してあるのであって、地獄の実感のない現代人には浄土への希求もほとんどないのではあるまいか。

恵《え》心僧都《しんそうず》源信《げんしん》の浄土を語る言葉は、地獄のリアリティーに支えられている。

「生きて地獄、死んで地獄」

というギリギリの地点に立たされたとき、人は信じることに賭《か》けるのだ。現代の私たちの不幸は、地獄を信じることができない点にある。この世の地獄の実感も、これほど長く続いた平和によって失われた。

私たちには生きている確かな手ごたえもなければ、死後の世界へのイメージもない。だからこそ、生きるだけでも大変なのである。

先頃、雑誌のインタヴューが二つ連続してあった。『オール讀物《よみもの》』と、『週刊文春』である。

私が『オール讀物』にはじめて書かせてもらったのは、一九六六年のことだった。たぶん私が三十三歳のときだったと思う。

担当者がのちに編集長となった豊田さんという編集者で、「GIブルース」というタイトルも相談して決めた。当時の原稿料は、たしか一枚八百円だったと憶《おぼ》えている。なぜそんな単価が記憶に残っているかといえば、当時、大家《たいか》中の大家で直木賞の選考委員だった某氏の一枚の原稿料が八千円だと聞いたからである。

新人とベテランの差が十倍あったということは、市場原理がそれだけ支配的だったということだろう。

今ははたして十倍の差はあるのだろうか。たぶん、ほとんど差がないのではないかと思うのだが。

『オール讀物』の後にやったインターヴューでは、「人間の死にどき」についてのシビアな質問が出た。そのテーマは、現在、私がもっとも関心を抱《いだ》いている問題でもあるので、つい話が長くなってしまった。

長寿が無条件で幸せであったような時代は、すでにとっくに過ぎてしまっている。百歳以上の高齢者が五万人をこえる昨今、長生きははたして幸福か、という疑問が浮上してくるのは当然だろう。

人には「去りどき」というものがあるのではないか、としきりに思われてならない。先輩作家や友人など、すでに故人となった人は少くないが、その人が必ずしも不幸だったとは思えないのである。

「ハッピー・エンディング」、もしくは「ナチュラル・エンディング」という考えが、ずっとこのところ頭を離れない。

医学が人の生存を無二の天命と考えた時代が長く続いたこともあり、私たちは長寿を無条件にめでたいことと考えがちである。

しかし、人の天命は、「人生五十年」の時代から大幅に延びてきたとはいえ、はたして二倍と考えていいのだろうか。

老いは人間のエントロピーである。老化を避ける道はない。どれほどアンチエイジングに努めても、限界はある。いまや、アンチではなく、ナチュラルな老化をこそめざすべき時なのではあるまいか。などと勝手な話をして長いインターヴューを終えた。

## 百歳社会の後半生を見据えて

かつて新大陸発見の旅、というものがあった。世界に冒険者たちが果敢に挑戦したのである。

やがて地球上に未知の世界がつきると、こんどは人類は宇宙をめざす。

しかし世界の経済がガタガタになって、宇宙への挑戦もひと休みとなった。

だが未知の新世界は、人類の目の前にある。誰もがそのことに気づきながら、目をそらせて、まともに考えようとしない。

二十一世紀の新世界とは、高齢化社会の出現ということだ。

そのトップを走るのは、当然このニッポン国である。目下、百歳以上の長寿者が激増中だ。やがて右を見ても左を見ても、きんさん、ぎんさんばかりになるだろう。

世界中がかたずをのんで日本を見守っている。経済大国再登場への期待などではない。

恐るべき急激な高齢化に、国としてどう対応するか、そこをみつめているのだ。

いつのまにやら中国も高齢者社会になってきた。インドもそうだ。以前は老人国家といえば、すぐにスウェーデンとか、ノルウェーとかを連想したものである。北欧の白夜の公園のベンチに、ひっそりと坐《すわ》っている老夫婦の姿を思い描く。高度福祉社会とは、そういうものだというイメージがあった。

今はそうではない。エネルギッシュに高度成長を続ける新興国も、高齢社会に突入するのである。

私の周辺でも、六十代、七十代で親の介護の問題を抱《かか》えていない人は少い。すでに普通なら自分が介護をうける年頃になりながら、まだ勝手に生きるわけにはいかないのである。

私がいう二十一世紀の新世界とは、そういう世界のことだ、医療制度が充実し、技術も進歩することで私たちは長生きする。やがて人生百年ということが、当り前になってくるのかもしれない。

そんな社会を、人類ははじめて体験するのだ。これまで「生き方」といえば、せいぜい六十、七十までの人生をコントロールすることだった。やがて百歳社会が普通になると、歴史上はじめての世界が出現することとなる。

人生五十年の前半と、後半五十年の生き方は、まったくちがう。人間の生き方は一つだ、終生変らぬ歩調で歩めばよい、などといったところで、そうはいかない。なぜかといえば、加齢、高齢化によって人間は変化するからである。そこには未知の世界がひかえているのだ。それが私のいう「新世界」である。

私のいう「新天地」「新大陸」とは、巨大な高齢社会のことである。

それは人類にとって未知の世界だ。これまでの歴史のなかで、どの帝国も体験したことのなかった暗黒大陸である。いや、銀色に輝くシルバー帝国とでもいおうか。

かつて未開の地の伝説として、こんな冗談を聞いたことがあった。

その村では耕地が限られていて、食物がギリギリの量しか生産されない。そこで村人は常に一定以上の人口にならないように工夫《くふう》しなければならない。

村でも老人が増えていく。その長生きしすぎる人口をどう調節するか。

ある年齢以上の老人を、広場に集める。そして一本の高い木に登らせる。その木によじ登る力と気力のない者は、これはもう仕方がない。

やっと全員がその高い木の枝の各所にしがみついたところで、若者たちが力を合わせて木をゆするのだ。

大きく枝がゆれるたびに、枝にしがみつく力のつきた老人たちが、パラパラと木の実《み》のように地面に落下してくる。気を失ったり、死んでしまう者もいるだろう。最後まで木に抱《だ》きついてがんばり通した者たちは、その村に残ることができる。登れなかった者や、落下した者たちは、密林に捨てられる。

残酷なようだが、妙に説得力のあるお話のような気がした。社会とはそういうものだろう。ナラヤマは世界中のどの国にもある場所だ。それが近代福祉社会では、表向き公然とさらけ出すことができずに、処理されているのである。

それだけではない。高齢者の医療と介護には、おどろくほどの社会的支出が必要だ。ある意味で、それは大きな産業でもある。子供や若者を育てることよりも、はるかに多くの公的支出がそこに向けられることになる。

「老人を処分せよ！」

という、新しいファシズム運動がおこる危険性はゼロとはいえない。敬老という習慣は、老人が古来稀《まれ》ナリといわれた時代のものだ。

高度医療の発達は、おどろくべき高齢者社会をつくりあげつつある。命の大切さ、ということがヒューマニズムの基本なら、いまそれが揺らいでいるということだろう。全世界がそれをかたずをのんで見つめているのである。

読者からの手紙が出版社宛《あて》に届くことがある。読んだ本の感想とか、身辺の事情とか、さまざまなことが書きつらねてある。それらの文章のかなりの部分が、介護ということの大変さを語っているものが多い。なかには、読んでいるこちらのほうが胸が苦しくなって、ため息をつくような手紙も少くない。

現在、人びとが抱えている苦しみや悩みの、大半がこの問題に関連しているように思う。

自分自身の問題で悩んでいる人たちは、まだ幸せなのかもしれない。「絆《きずな》」という言葉が、美しいイメージで語られる最近だが、人間の「絆」とは重いものだ。

国民の大半が高齢者である、という未来は、私たちにとって未体験ゾーンである。この国だけではない。全世界の国々がいずれ直面する難問だろう。

現在、五万人をはるかにこえる百歳以上の長寿者の、八十パーセントが寝たきりで、要介護の状態にあるという。私たちには錯覚があるのだ。元気で長生き、は理想であって現実ではない。マスコミは特別に元気なお年寄りをピックアップして紹介する。その背後に、海の底のような深い世界が広がっていることを直視しようとはしない。

## 人生の去りどき

医学が進歩すればするだけ、人びとは長生きする。医療制度が充実すればするほど、寝たきり要介護の高齢者が増える。

八十歳になったときの私のひそかな決意は、人の世話をうけないで生きる、世間さまに迷惑をかけないように努める、というものだった。

赤ん坊は周囲の人びとに世話されて育つ。そして老人は、同じように周囲に大切にされて長生きする。それが、かつての私のイメージだった。しかし、今はちがう。高齢者だからといって、周囲の善意に頼って生きるわけにはいかない。自分の面倒は自分でみる。しかし、それができなくなったときは、一体どうすればいいのか？

円高だ、円安だとかいう議論は、根本的な社会の問題だろうか。デフレもインフレも、わかりやすい話だ。しかし、未曽有《みぞう》の高齢社会が目前に迫っていることにくらべれば、根本的なテーマではない。

人間は何歳まで生きるべきだろうか。

「自然にまかせよ」という声がきこえる。

「病むときは病むがよし。死ぬときは死ぬがよし」という声もきこえる。しかし、「老いる国」をどう考えるのか。思い悩むところではある。

ゴウタマ・ブッダは、八十歳まで生きた。

二千五百年も前の古代インドとしては、画期的な長命だったといえるだろう。わが国で平均寿命が五十歳をこえたのは、敗戦後のことではなかったか。

当時のインドの衛生事情、生活水準からすれば、奇蹟《きせき》的な長寿である。

法然上人《ほうねんしようにん》の八十歳も、凄《すご》い。鴨長明《かものちようめい》が六十そこそこで世を去っていることを考えると、どうも念仏《ねんぶつ》系の人は長寿のように思われる。

蓮如《れんによ》の八十五歳も大したものだが、親鸞《しんらん》はなんと九十歳まで生きた。これらの人びとが世間から尊敬された理由の一つは、その異例な長寿にあったとも考えられる。

しかし、いまや八十、九十は当り前、百寿者《ひやくじゆしや》がぞろぞろ出てくる時代である。冗談ではなく、やがてあたりを見回しても老人ばかり、という社会になるのだ。

これは予測ではない。私たちができることなら目をそらせて、知らずにいたい現実である。しかし、必ずそうなるにきまっているのだ。

年金の受給はいずれ七十歳からになるだろう。いや、七十五歳に引きあげられるかもしれない。

実際にその歳《とし》になってはじめてわかるのだが、老いることは身心ともに不自由になることだ。動きも緩慢になってくる。視力や聴力もおちてくる。反射神経がおとろえる。短気になり、常にウツの気配がつきまとう。表情にも活気がない。

これは仕方のないことだ。だが、そういう自分を社会の一角において眺めてみると、周囲にまでその退行ぶりが反映することに気づく。

若者のなかに老人が囲まれて、共に笑顔でいる風景はいいものである。しかし、陰鬱《いんうつ》な高齢者たちのあいだに、ぽつんと若者がいる様子を想像すると、ため息が出てくる。

政府のインフレ政策が、はたして日本再生のきっかけになるかどうか、まだその辺はわからない。しかし、社会の高齢化は、はっきりわかっている未来である。二〇一二年現在、人口のピークは六十三歳であるらしい。これが七十三歳になり、八十三歳が最大人口になる日が、遠からず確実にくるのだ。未知の新世界とは、そういう社会のことだ。人類全体にとっても未体験ゾーンである。

一部のブルジョア階級と、多数の無産者階級が対立する社会を、かつての革命家たちは思い描いた。いま、少数の若者と、大多数の老人が対立する社会がせりあがってこようとしているのだ。


前に『下山の思想』という新書を出したとき、こういう批判があった。

「オレたちの未来を暗いものとして語らないでくれ。自分たちは高度成長の時代に、さんざんいい思いをしてきて、今になって『下山の時代』だなんて、勝手すぎるじゃないか」

たしかに未来を明るく語ってほしいという気持ちはわかる。「日は再びのぼる」とか、「世界に尊敬され、期待されている日本」などという本を、つい書店で手にとってみたりもする。

しかし、諦《あきら》める、ということも重要だ。私は「アキラメル」という言葉を、「明《あ》きらかに究める」の意味で使ってきた。どうしようもない現実を、正面から目をそらさずに見よう、という立場だ。

世界中の先端医療機器の六割以上は、日本が購入しているという。そして予防医学も、高度治療も、日進月歩して人びとは長寿への道をつっ走っていく。ガンも八割は治る、という大きな記事が出ていた。エイズも発症せずに生涯を送ることが可能になってきたという。

人びとはメタボを恐れ、体調をコントロールし、健康な日々をめざす。タバコをすう人も、少くなってくるだろう。酔っぱらいの数もへってきた。早期発見、早期治療のかけ声のもと、この国はさらに世界のトップを走る長寿国となっていくのだ。

高齢者は、ごく一部の例外的な老人をのぞいて、いずれはボケる。ボケるという表現が認知能力がおとろえたと上品に言いかえられるようになっても、現実は変らない。

くり返し書く。私たちはいま、未知の暗黒大陸を目前にしている。それは超高齢者大国という未来である。それがどのような姿であるかを、なぜか学者もジャーナリストも論じようとはしない。

要するに明かるい未来しか語りたくないのだ。

「その国の未来を確かめたいなら、その国の子供たちの姿を見よ」

という言葉が大声で叫ばれた時代があった。今は逆だと思う。その国の未来を占《うらな》いたければ、その国の老人たちの姿を赤裸々《せきらら》にみつめてみることだ。

先日、街で高齢者運転マークをはったポルシェを見かけた。うらやましくもあり、うっとうしくもあった。ある年齢に達したら、車の運転はひかえるべきだと思う。車の運転は若返りにプラスだ、という人もいるが、周囲は迷惑だろう。いずれにせよ、この問題を私たちは真剣に考えるべきではないだろうか。

# 不易と流行のさじ加減

## 流行《はや》りものとのつきあい方

芭蕉《ばしょう》は、

「不易流行《ふえきりゅうこう》」

ということをいった。芭蕉は俳人だから、もちろん俳句を作る上での心得《こころえ》だろう。

簡単な辞書を引くと、こんな説明がのっている。

〈不易は詩の基本である永遠性。流行はその時々の新風の体。共に風雅の誠から出るものであるから、根元においては一つであるという〉

要するにどちらも大事、ということか。

永遠に変らないものがある。それはたしかだ。

人間の欲、男女の情、人生の期限、すべて千年も万年も変らない。

生《しょう》・病《びょう》・老《ろう》・死《し》、これも不易である。

しかし、時代は変る。季節もうつろう。永遠の山河という見方は、三・一一で一変した。自然も、故郷も変るのだ。宇宙も変る。学問も、思想も変る。

絶対に変らないものがあり、そして一方で常に変化しつづけるものがある。変りゆくものを流行という。変らぬものを不易という。

そのどちらもが真実であるということを、誰もが身にしみて知っているはずだ。

街ですれちがう男たちの服装が、半世紀前とは一変している。

一様にモモヒキのような細身のズボンをはき、チョッキのようなピチピチの上衣《うわぎ》をはおっている。

私がいまはいているズボンは、一九七〇年代から八〇年代にかけて作ったものだ。数多く作った上に、材質がいいので、なかなかくたびれない。この二、三十年来、ずっと当時のものをはきつづけている。

どれも胴回りがゆったりしていて、全体に太い。タックは二本とってある。裾幅《すそはば》は二十二、三センチ以上ある。それでも当時としてはかなり細めだったのだ。

ジャケットは肩幅が広く、厚手のパッドがはいっている。下に厚手のセーターを着てもまったくしわが出ないゆったりした作りである。ゴージはとことん低く、ベントはセンターに切ってある。

こういう服を着て、最近の街を歩くのには、いささか勇気がいる。なにか奇《き》をてらったオーバー・ファッションを誇示しているかのように見られかねないからだ。

「不易流行、不易流行」

と、つぶやきながら、二十一世紀の街を歩くのは、いささか肩の凝《こ》る行為ではある。

デモにも流行がある。

最近の市民デモは、三三五五、和やかに歩いている形式のものが多い。組合などがやるデモも、昔のように腕を組んだりはしないようだ。ジグザグデモなどという運動量の多いデモも、あまり見かけなくなった。

ある大学教授が、女子学生をデモに誘った話を聞いた。かなり以前のことである。

「デモにいくんだが、一緒にどうかね」

「デモって、あのデモ?」

「そうだ。皆と腕を組んでシュプレヒコールなんかを大声で叫ぶとスカッとするよ。鬱《うっ》な気分も吹っとんじまうぞ」

「エーッ、いやだー、知らない人と腕組んだりするんですかー。絶対いかなーい」

知らない人と腕を組む、などということが想像もつかない時代になったのだ。

男性用化粧品の広告などを見ると、サラサラ、スッキリ、などとやたら強調している。要するに脂《あぶら》っぽいのが駄目であるらしい。ギトギト、ベタベタ、がタブーなのである。

横浜からの東横《とうよこ》線の車中で観察していると、シートに坐《すわ》る客たちが、十センチくらい両側を空けて坐っている。もちろん午後のゆったりした車内だが、体やお尻《しり》を密着させるのがいやらしい。

他人と少し距離をおいて、というのが当世の流行なのだろうか。当然、市民デモも、スクラムを組んだりするのは流行《はや》らないわけだ。

人の体温を感じる、臭《にお》いをかぐ、肌を密着させる、汗に触れる、すべてノーとなると、どういうことになるのか。

半世紀前、タンゴやスローな曲を踊るときには、下半身をぴったり密着させて踊った。微妙なステップのサインを、体と体で感じつつ踊ったわけである。

今はダンスといえば、離れて踊る。チークダンスは別として、親しい仲でも距離をおくというのが、最近の傾向であるらしい。

要するに生身《なまみ》の人間がイヤなのだ。体臭も、汗も、息も、体温も、できるだけ感じないように暮らす時代になったのである。

鍋《なべ》がダメ、という若い人がいる。年配の男たちが、勝手に自分の箸《はし》を鍋に突っこむのが耐えられないらしい。

私たちの敗戦後の暮らしは、本当にひどいものだった。チューインガムの貸し借りなんぞ当り前のことだった。口でクチャクチャやっているガムを、「ちょっと貸して」と、女の子が引きとって嚙《か》んだりしたものだ。時代は変る。

## 流行歌とスマートフォン

最近、あまり「流行歌」という言葉を聞かなくなった。

明治、大正のころは、

「はやり歌」

とか、そんなふうにいったのだろう。やがて「流行歌」というよび方が流行《はや》り、「流行歌手」という芸能人たちが出てくる。戦後しばらくは、

「流行歌手」

という職業が、目のくらむようなまばゆさで感じられていた時代だったのだ。

私が中学生のころ、町に春日《かすが》八郎という人気歌手が来演した。会場は、町にただ一つの映画館だった。

当時、『赤いランプの終列車』という歌が大ヒットして、春日八郎といえば超大スターだった。『別れの一本杉』など、名曲のレパートリーも数多くあったベテラン歌手である。

〽粋な黒塀《くろべい》　見越《みこ》しの松に

などと『お富《とみ》さん』の歌を、子供たちまでみんな口ずさんでいた。大ヒット曲である。当日、会場の外からでも公演の様子をうかがおうと、町の映画館まで出かけていった。これがもう大変な騒ぎで、十重二十重《とえはたえ》に映画館をとり囲んだ観衆のために、まったく近づくことができない。せめてスピーカーから流れる歌声でもきけないものかと思っていたが、それどころではなかった。戦後、一時期の流行歌手の人気たるや、今では想像もつかないほどだったのである。流行歌は、まさに流行の頂点にある世界だったといっていい。

それから五十有余年、今はもう流行歌という言葉さえ色あせてしまっている。ヒット曲は沢山あるらしいが、世間に流行してはいないのだ。老いも若きも、国民こぞって口ずさんでこその流行歌である。一部の熱狂的なファンの人気を集めているだけでは、流行とはいえまい。

現在、流行しているものといえば、まずスマートフォンだろうか。「ダッコちゃん」「フラフープ」どころの話ではない。国民みなスマホといった雰囲気である。しかも、これは一国の流行ではなく、全世界で五十億以上の携帯が使われているというのだから凄《すご》い。

スマートフォンと、スマートボムのあいだには、ほとんどわずかな距離しかない。CDSやデリバティブは、さしずめスマートマネーか。

二十一世紀のキーワードは、「スマート」のような気がする。

流行というのは、なにもファッションや音楽、芸能の世界のみではない。

ある意味で、すべての文物はその時代の流行に左右される。

先日、ある医大に精神科の医師がたの学会に呼ばれて、話をしにいった。べつに専門的な話でなくてもよいから、とすすめられて出かけたのだ。

その会で頂戴《ちょうだい》した分厚いパンフレットを読んで、なるほど、医学の世界にも流行というのはあるのだな、と思った。「以前はこうだったが最近は新しい治療法、薬品が主流となっている」といった記述があちこちに見られたからである。薬ということに関していえば、最近は「多剤・大量投与」という流れが目立つこともわかった。

医学だけの話ではない。哲学にも、物理学にも、すべての文化には流行があるのだ。

慈覚大師円仁《じかくだいしえんにん》といえば、九世紀の傑僧《けっそう》である。天台《てんだい》の僧だが、比叡山《ひえいざん》にいたころ親鸞《しんらん》も円仁に憧《あこが》れた時代もあったようだ。

この人はマルコ・ポーロの旅行記をはるかにしのぐ優れた紀行日記を残したことで知られている。

『入唐求法巡礼行記《にっとうぐほうじゅんれいこうき》』

というのがそれだ。円仁は九世紀後半、中国大陸に渡り、くまなく各地を歩いて詳細な日記を書いた。そのなかに、当時、仏教がいかに中国に流行したか、そしてやがて強烈な仏教弾圧がどれほど一世を風靡《ふうび》したかを、つぶさに記している。かつて仏教は、一大流行だったのだ。そしてその流行の大きな反動が流行となる。

最盛期、仏教に帰依《きえ》する人びとは、家の前に机を置き、通行する旅人たちに心ゆくまで精進《しょうじん》料理を提供したという。それはまさに世間の流行だったのである。

やがてその流行はすたれ、寺院も荒廃していく。それもまた流行である。

「不易流行」

という芭蕉の言葉には、かなり深い視点がある。流行は不易だ、という発想と、また逆に不易なるものこそ流行である、という真実がそこにあるように思われる。

政治にも流行がある。法律にも、恋愛にも、生死に関する考え方にも流行がある。そして、その流行の奥に、不易なる人間の生態がひそんでいる。さしずめ当節は、スマート、カジュアル、コンビニエンスが流行のベースのように感じられるが、どうだろうか。

## 年の始めのためしとて

いつのまにか正月に餅《もち》も食べなくなった。

都市生活者の新年というものは、じつにカジュアルなものである。正月三が日、街を歩いている人たちの服装を見ていても、ふだんとほとんど変りがない。昔のことを懐しがる気持ちもないが、なんとなく物淋《ものさび》しい感じもする。

そんなことをいっている自分自身も、去年の暮れからずっと同じ恰好《かっこう》である。同じジャケット、セーター、同じ靴。

明け方まで起きていて、午後に目覚める。こんなくり返しのなかで、一生が終るのだろうか。かつての自分の正月は、どんなふうだったのだろうと、古い日記を拾い読みする。

一九六七年一月四日

毎日新聞コラム執筆。八時半に一度目を覚ましたが、また眠り、九時過ぎに起床。午前中、本の仕事。午後、一朗きたる。三時半より雪の中を香林坊《こうりんぼう》に行き、バッティングをやる。邦之と帰途、小立野《こだつの》で魚屋に寄り、サバ二本求む。百グラム二十円にて、一尺ほどの二本で二百二十円也。味噌煮《みそに》にして食う。新鮮なだけに、身がしまって旨《うま》い。夜、本の写真などいじり、結局、原稿かけず。
今日、牛崎君よりＴＥＬあり。二番目の子供が生まれるとかで大変らしい。

一九六七年一月五日

午後、毎日新聞コラム六百字を書き、速達で送る。バッティング三ゲーム。

夜、藤猛《ふじたけし》のボクシングTVを見る。三ラウンドでTKO勝ちするも、片言の日本語で曰《いわ》く。「今日の試合、お客さんよろこばない。ダメね」プロ感覚は珍重すべし。ブランディー・コークを飲んで十二時半に寝る。本日も原稿書かず。やはり深夜の方がよいかも知れぬ。クラウン松本氏より午後、TELあり。格別の用件もなし。

このころは金沢に住んでいた。三十四歳のころだ。新人賞をもらって一年ほどの駆け出し作家だった。

この正月は、めずらしく早寝早起きしている。毎日のようにバッティング・センターに通《かよ》っていた。「やはり深夜の方がよいかも知れぬ」というところに、ふだんの暮らしぶりがうかがえる。この年の正月、原田・メデルのボクシング世界選手権試合があったことも憶《おぼ》えている。

私が小学生のころ（のちに国民学校に変ったが）、元旦《がんたん》は登校日だった。校庭に全員で整列する。校長先生はモーニングの礼装である。教育勅語《ちょくご》が読まれ、オルガンの伴奏で正月恒例の歌をうたう。

〽年の始めの　例《ためし》とて
終わりなき世の　めでたさを

という歌の文句は、今もはっきり憶えていて、すぐに口をついて出てくるから不思議だ。

この歌詞の、

〽松竹《まつたけ》立てて　門《かど》ごとに

というくだりを、

〽門松ひっくり返して大騒ぎ

と、悪童たちは替え歌にしてうたうのが常だった。

式を終えて帰るときには、紅白の餅だか落雁《らくがん》だかをもらった。

当時、昭和十年代には、まだ一般に古風な正月のしきたりが残っていたように思う。

貧しい家でも、子供たちのために新年の朝には新しい服を用意する。大晦日《おおみそか》の晩には、寝ている子供の枕元《まくらもと》に、それを置いておくのが母親の仕事だった。

もちろん、赤貧洗うがごとき家庭では、どうだったかはわからない。それでもセーターの一枚か、ズボンぐらいは、なんとか工面《くめん》したのではあるまいか。

筑豊《ちくほう》の炭住《たんじゅう》（炭鉱住宅）あたりでも、懐しげにそんな子供のころの思い出話をする人が多かった。

服があらたまれば、気分も変る。家を出ると町の様子がちがう。家々の玄関口には日の丸の旗がかかげられ、道路も掃《は》き清められている。

年賀にむかう人びとのなかには、羽織袴《はおりはかま》姿も見られた。

お年玉。

子供のころには、それをもらうことが新鮮な喜びだった。

お年玉をもらったところで、何を買うというわけではない。いま憶えているのは当時流行《はや》った模型飛行機づくりの材料を買ったことだ。A《エー》－1《ワン》というタイプの、ゴムでプロペラを回す素朴なモデルだった。

今からもう七十年も昔の日本国の話である。

## 流されゆく日々に戻って

年の始めにあたって一年の計画を立てるというけなげな人は、私の周囲にも沢山いる。「今年からは、こうしよう」とか、「一年間かならず続けるぞ」とか、昔は私も考えたものだった。

日記をつけていたころは、さまざまな決意を文章にして誓っている。しかし、その年頭の決心が一年ずっと持続したためしがない。

それどころか、ひと月もたたぬ間に年頭の誓いはきれいさっぱり忘れ去られるのが常だった。

要するに意志が弱いのだ。古い言い方だと「三日坊主」なのである。

ここに一九八六年、すなわち二十七年前の日刊ゲンダイに書いた年頭の文章がある。私がまだ五十代の半ばくらいだったころのコラムである。(「流されゆく日々」一月七日・2502回)

一つ、原稿に追われないよう、原稿を追って仕事をしよう。

一つ、頂いた本や、御便りに返事を書こう。

一つ、せめて午後三時頃までには寝床から出ることにしよう。

一つ、月に一度は洗髪をしよう。

一つ、靴をぬいだりはいたりする際には、面倒でもかならず靴紐《くつひも》をほどくようにしよう。

一つ、無礼な割り込みをする車に腹を立てない。

エトセトラ、エトセトラ。

年頭の誓いにしては、あまりにもカジュアルすぎる決意表明である。天下国家に対する目くばりというものが感じられない。しかし、こんなささやかなマニフェストさえも守ることができなかったのだから、なにをかいわんや。

今でもレースの靴をはくときに、きちんとしゃがんで靴紐を結ぶことをしない。原稿には追われっぱなしだ。年賀状をいただいて返信したことも絶無。タクシーに乗っていてさえ、マナー無視の車に悪態をつく。

要するに無駄なのだ。本当に必要なことなら、誓いなど立てなくてもやるだろう。そのままでなんとかなっているから、ぜんぜん持続しないのである。今年は必ずこうしよう、などと決意するのは、そもそも自分の本性《ほんしょう》に気づいていないからだ。おのれがどれほど駄目人間であるかを、徹底的に自覚しなければ。

と、いうことで、年頭に偉そうな計画を立てることはやめにした。やはり「流されゆく日々」に徹するしかないのである。

# 豊かさについて考える

## 何を捨て、何を残すか

〈マッチ擦《す》るつかのま海に霧ふかし
身捨つるほどの祖国はありや〉

寺山修司《しゅうじ》のことが、ふと思い出される。あれは何十年前のことだろうか。

『情況』という雑誌で、対談をした。私の仕事部屋を使うことになり、彼はアタッシエ・ケースをさげてやってきた。

部屋にはいるなり、壁際《かべぎわ》に積みあげてあった本を、一冊ずつ引っくり返して点検をはじめた。

「ぼくはその人がどんな本を読んでいるかに、とても興味があるんだよ」

と、彼は言った。そして津軽弁《つがるべん》と九州弁の対談がはじまった。

〈身捨つるほどの祖国はありや〉

自問自答して、自分の身辺に捨てるべきものがあまりにも多いことに呆然《ぼうぜん》とする。

身を捨てる前に、これらの厄介なモノたちをどう処分するかを考えなければならない。

昔はマンションに焼却炉があった。いらないものは片っぱしから火の中に放《ほう》りこめばよかった。今はそういうわけにはいかない。

坂口安吾《あんご》の仕事部屋の写真を見たことがある。いかにも作家の部屋らしく、おそろしく散らかっていたが、大半は本と原稿用紙だった。そこには一定の秩序があった。

しかし、何十年と働いてくると、あらゆる雑事のカスがゴミの山として周囲に山積する。

半世紀も前に買った靴がある。三十年前のジャケットがある。そして資料の山。

亡くなった人からの書簡もある。書き損じた原稿がある。これらをどう片付けるか。

シュレッダーにかけても、なかなかはかがいかない。機械の能力にも限度があるのだ。

しかし、人は裸で生まれてきた、と自分に言いきかせる。どれほど思い出のつまったモノとて、あの世へ持っていくわけにはいかない。

ダイエットと片付けの本は、いつの時代にも売れつづけている。身辺を片付けたいと願っている人は、無数にいるのだろう。考えてみると、贅肉《ぜいにく》というやつも、片付けなければならない余計なものだ。さて、何から捨てるか。

この一週間のうちに、徹底的にモノを捨てようと思う。何十年かのあいだ、幾度そんなふうに決意したことか。その度ごとに挫折《ざせつ》して現在がある。しかし、やらなければならない。半分、疑いながらあらためてそう心に誓う。

室内に山積しているゴミのなかで、もっとも大容量を占めるのは、紙である。

電子の時代になったから、もう紙はいらない、などといわれているが、今でも書類はすべて紙である。新聞の切り抜きもある。古い契約書も何百通となくある。あとは、いつか必要になると考えて保存してある資料類だ。引出しの奥には念のためと思ってとってあった期限切れのパスポートや、古い免許証などもある。

この紙の山をどうするか。

その次が本。

紙は時間とともに劣化する。昔の新刊を保存しておいたら、おどろくほど劣化してしまっていた。

本についでかさばるのが衣類である。毎年、ジャケットを何着か買うだけなのだが、五十年もたつとおそろしい物量になる。片っぱしから処分するといっても、やはりその時代の匂《にお》いのしみついた服は、どこかしら愛着があるものだ。

しかし、思い出もまたゴミの一種である。思い出メタボになっても仕方がない。昨日までのことは、すべて忘れてきょう一日を生きるしかないだろう。

などと、偉そうなことを書いているが、じつはすでに五時間以上も、ベッドの上に古い紙類をひろげて、これは捨てようか、いや、これだけはとっておこう、などと行きつ戻りつの時間をすごしているのだ。

捨てるには、価値判断などしていては駄目である。要するに火事になったと思えばいい。最小限、必要なモノだけでも持ち出すことができたら大成功ではないか。

これはいつか使うだろう、とか、たぶん必要になるだろう、とか、そんなことを考えていては一歩も前に進まない。

亡くなった友人、知人からの手紙なども、合掌《がっしょう》しつつシュレッダーにかけるしかないのだ。

さて、半日、必死で片付けをして、あらためて部屋の様子を眺めてみる。

これは一体なんなのだ。昨日とまったく変っていない室内の様子に愕然《がくぜん》となる。あれだけ覚悟を決めて整理したつもりなのに、まったく眺めが変っていないというのは、どういうことだろう。この午後の五時間は、一体なんだったのか。

しかし、ここで諦《あきら》めていては、いつもの挫折に終ってしまう。もう一日、もう二日、ただひたすら捨てることに専念しよう。必ず変化はおこると信じて。

## 捨て方のスタイル

〈捨て聖《ひじり》〉

と、いわれた人びとがいた。

十三世紀（鎌倉中期）の僧、一遍《いっぺん》などの宗教家がそうだ。一遍は〈遊行上人《ゆぎょうしょうにん》〉ともいわれた時宗《じしゅう》の祖である。世俗の一切を捨て、僧侶《そうりょ》の世界とも絶縁して、踊り念仏《ねんぶつ》を庶民にひろめた人物だった。

〈捨てる〉とか、〈隠遁《いんとん》する〉とかいうと、世間から身を隠すことのように思われる。しかし、実際には〈隠遁〉は、当時の流行でもあり、すこぶる恰好《かっこう》のいい行為でもあった。〈隠遁者〉は、世俗の人びとの憧《あこが》れの的《まと》だったのである。

捨てたつもりが、新たな人気を集める。世の中というのは、思うにまかせぬものだ。捨てることとは、また別の意味で世間の注目をひくパフォーマンスでもあった。

私たちは生きている限り、すべてを捨て去ることはできない。死後にのこる名声もある。汚名もある。だから捨て方にも、さまざまなスタイルがあった。

自分の死を予告して、往生《おうじょう》を人びとの眼前に示すことが、流行した時代もある。何月何日、どこどこで往生をとげるとアナウンスして、世間の注目を集めた。いわば自死ショーである。

土に生きながら埋められるとか、火の中に身を投じるとか、いろんなやり方があった。大勢の人びとがそれを見に集まるのだ。宮中の位の高い女性たちも、牛車《ぎっしゃ》をつらねて見物にやってくる。念仏をとなえながら死におもむく即身成仏《そくしんじようぶつ》は、見るだけでも功徳《くどく》があると考えられたのだろう。

めでたく、というか、予告通りに死ねる場合はいい。しかし、ときには最後の瞬間になって死に踏み切れず、観客の嘲笑《ちようしよう》をかう人物もいた。

捨てる、ということは、修行者《しゆぎようしや》にとってさえ至難の行為なのである。まして俗人には、本当にすべてを捨て去ることなど不可能だ。たかが部屋のゴミクズを捨てるだけでも、これほど迷うのである。

〈捨て聖〉は、すべてを捨てて遊行《ゆぎよう》することで、新たな名声を得た。捨てたつもりが、また新たなゴミを身につけることだった。

このところ昏迷《こんめい》の政局が続いている。ほとんど政治に関係のない一個人にも、日々の鬱々《うつうつ》たる空気が心気の衰えを感じさせずにはおかない。ゴミの山を前にして、きょうもため息をつきつつシーシュポスの心境を思う。

部屋を埋めつくしている紙の山とは別に、四角いプラスチックの集団がある。

今はほとんど使えなくなったMD、カセットテープ、ドーナツ盤レコードのたぐいだ。

昔のLP盤もある。

音楽や、歌や、ラジオのトークや、テレビのドキュメント番組の記録などがほとんどだ。一九五〇年代末の録音テープなどもある。

先日、MDプレイヤーを買いにいったら、店員さんにけげんな顔をされた。

「大がかりなものはありますけど、コンパクトなMDプレイヤーは扱っておりません」

説明を聞くと、旧式のレコード、カセットテープ、CDなどさまざまな用途を一台にそなえた大型の再生装置はあるらしい。だが、ポケットに入れて携帯可能な昔のMDプレイヤーはもう店には置いていないという。

昔のワープロを懐しむ書き手は少《すくな》くない。書くことだけに使うワープロの古いものを探してきて使っている知人もいる。

最近の流れを見ていると、パソコンのキーボードもいつか不要になるのかもしれない。画面タッチ式や、音声で使用できる機器の質が向上してくると、キーボードがなくなる日がたぶんくるのだろう。

そう考えると、こうしてコクヨの四百字詰め原稿用紙に、シコシコ万年筆を走らせているやり方は、ずいぶん息の長い、しぶとい記録方法だなあ、と感心せざるをえない。

はたして文字を書くというやり方は、今後どれくらい長く続くのだろうか。故・水上《みずかみ》勉《つとむ》さんも、晩年、音声記録の機械を試みていたと聞く。声に出した文章が、的確に漢字かなまじり文で再現されるのなら、原稿用紙にこだわることはないのである。このコラムも、口でしゃべって原稿になるのなら、さぞかし楽だろう。現在のように左右に辞書を置いて、忘れた漢字を引き引き字をつらねることも不要になるのだ。

いろんな紙類をシュレッダーにかける。しばらく動いていたと思うと、過熱して止まってしまう。大きな紙や、特に厚い紙なども厄介だ。和紙の封筒などもシュレッダーは苦手《にがて》らしい。最近はCDなどもバリバリ嚙《か》み砕く強力なシュレッダーが出ているらしいが、私の使っているのは軽便な小型の機械なので、あまり片付けには有効ではない。

部屋を整理する、と決心して四日目、周囲の景色がまだ一向に変っていないのはどういうわけか。

## 自分の時代の取捨選択

ジョン・ル・カレの『ティンカー、テイラー、ソルジャー、スパイ』を読んでいたら、味な言葉が出てきて印象にのこった。

〈いまの時代におくれていても、自分の時代に忠実であればいい〉

今の時代に合わせようと、苦心する人もいる。しかし、〈自分の時代〉に忠実であることで良しとする生き方も悪くない。

自分の過去を捨てるというのは、簡単なことではないが、また守りつづけることも難しい。

捨てる、とは、何を捨てるのか。うずたかく積み上ったゴミの山を前にして、しばし考える。なぜモノが増えるのか。それは次々に新しいモノが流入してくるからだ。古いモノを捨てる道もあるが、新しいモノをシャットアウトする行《い》き方もあるのではないか。

しばらく考えて、それは無理だと納得《なっとく》した。

私たちの日々の生活は、いやおうなしに変っていく。カセットテープが消え、MDが使えなくなり、ブラウン管テレビも去った。そして、いやおうなしにデジタルの時代に生きなければならない。

私の手もとには、若いころからの仕事の記録として、ドーナツ盤のレコードが沢山ある。これらの品々を、過去の記念品のようにとっておく気は、私にはない。わざわざLPレコードのために針を用意して昔の音を再現する趣味もない。

二十代の終りのころ、CMソングを書いていて、いろんな賞をもらったことがある。私自身ですらすでに忘れてしまっているが、古い賞状とか記念品はのこっている。しかし、そんなモノこそちゃんと片付けてしまうべきだろう。まして昔の免許証など、どんな気持ちで保存してあったのか。

〈自分の時代に忠実である〉ことは、モノを大事にすることではあるまい。自分の時代の感覚を失わないことだ。

先日、『麦と兵隊』という戦時中の歌をうたってみた。『加藤 隼《はやぶさ》 戦闘隊』という軍歌の歌詞を書いてみた。おどろいたことに、両方とも正確にうたえるし、歌詞も憶《おぼ》えている。

この骨がらみになった自分の〈時代〉と、どう向きあうべきか。『万葉集』の大伴家持《おおとものやかもち》の長歌の一部を『海ゆかば』として国民みながうたった時代もあったのだ。モノは捨てることができるが、記憶のゴミはシュレッダーにかけるわけにはいかない。さあ、とりあえずモノだけでも捨てるために、きょうも実りなき努力をつくそう。

## はじめてのカツ丼

私がカツ丼をはじめて口にしたのは、昭和二十七年（一九五二年）のことである。それまでカツ丼というものを食べたことがなかったのだ。食べたことがないというより、そもそもそういうメニューのあることすら知らなかったのである。

私の記憶では、戦争中も、戦後引揚《ひきあ》げて九州で暮らしていたころも、カツ丼とは出会わなかった。これは私の見聞が偏《かたよ》っていたのかもしれないし、また実際に身の回りにカツ丼が存在しなかっただけのことかもしれない。

昭和二十七年といえば「血のメーデー事件」の年である。学生たちは例外なく貧しかったし、私も常時、腹をすかせていた。

文学部地下の生協の売店では、タバコをガラスのびんに入れてバラで売っていた。

「二本ください」

とか、そんな買い方をしたものである。コッペパンが十円。それにジャムかピーナツバターを塗ると十五円になる。

それすら贅沢《ぜいたく》な時代だったから、カツ丼などというメニューは知る由もなかったのだ。

ある日、学徒援護会の紹介で、日暮里《にっぽり》あたりの製本屋さんにアルバイトにいった。

製本の仕事はきつい。紙というのは重いし、ときに刃物のように手が切れたりもする。

その日は残業で、夜の九時過ぎまで働いた。こちらは少しでも賃金がほしいので、残業は大歓迎である。

途中で、製本屋さんの奥さんが、お茶と弁当を出してくれた。

そのとき出前で運ばれてきたのが、熱々のカツ丼だった。一口食べて、こんなに旨《うま》いものが世の中にあったのか！　と思った。

丼《どんぶり》の底の飯粒の一粒まできれいに食べて、なかば呆然自失《ぼうぜんじしつ》していた。

「よし、いつかはオレも――」

朝昼晩カツ丼を食べられるようなブルジョア階級になってやるぞ、と固く心に誓ったのだから笑止である。

それから六十年。その気になればいつでもカツ丼を食べられるところまできた。しかし、この数年、カツ丼を食べたのは一度か、二度くらいのものだ。

今のカツ丼より昔のもののほうが旨いというわけでもあるまい。要するに、飢えているかいないかの問題だろう。人は慣れると山海の珍味にも感激しなくなるものだ。もう一度、カツ丼を涙しながら食べるような時代に戻したいとは思わない。しかし、最近この国は少し贅沢すぎるのではないか、とひそかに考える時がある。

## 記録と記憶

地方と都会との格差はあろうが、最近の生活スタイルはじつに便利になった。地下鉄だろうが私鉄だろうが、カードを一枚かざしてサッと改札を通過できる。コンビニでも、タクシーでも使えるらしい。

周囲の若い世代を見ていると、ありとあらゆる知識や情報を、スマホから一瞬でとり出す。ものを記憶する必要などなくなったようにも思われる。

それがどこまで正確かはわからないが、どんな情報や知識でもたちどころに手にはいるのだ。

漢字もべつにおぼえる必要がない。書けなくても、読めさえすれば日常不自由はないのである。

私自身、この歳《とし》になって常時、電子辞書のお世話になっている。正確に書けない字というものは、いつまでたってもおぼえない。同じ字を何百回、いや何千回となく電子辞書で確認しながら原稿を書いている。

そういえば、最近、原稿用紙というものを置かない文房具店が増えてきた。四百字詰めの原稿用紙を使う客も当節あまりいないからにちがいない。

私は二十代のころ、一時期、業界紙のカメラマンもやっていた。6×6のローライと、新聞社用のスピグラを使って走り回っていた。ストロボをつけたスピグラを持っているだけで、どこの役所も自由に出入りできた時代である。

最近、大新聞の記者で、インターヴューの写真も撮る人が増えてきた。一枚か二枚の顔写真を撮るのに、わざわざ写真部の人をつれてくる必要もないということだろう。ポケットからコンパクトなデジカメをひょいと出して、

「じゃあ、一枚お願いします。念のためもう一枚。はい、ありがとうございました」

でインターヴュー終了。

そのうち、ケータイで撮られるようになるかもしれない。あまり簡単だと、インターヴューをうけた感じがしない。つい世間ばなしふうにカジュアルな話題になりがちだ。

レストランなどで、出てくる料理をすべて一枚ずつケータイで写している若い人を見かける。最近は一眼レフを持った娘さんなども増えてきて、あれで食事を楽しめるのだろうかと余計なことだが心配になる。どこどこの店で、こういうものを食べました、と記録に残しておくのだろうか。

昔の作家は筆で正座して書いていたんだぞ、と言われると一言もないのだが。

## 豊かさあって感激なし

先週からの風邪が、まだ長引いている。体全体が熱っぽく、洟水《はなみず》と咳《せき》が止まらない。扁桃腺《へんとうせん》の腫《は》れが治りかけたところで、つい気がゆるんだのが失敗だった。

「風邪は上手にひけ」

という野口師の教えを、あらためて嚙みしめながら反省する。何事もすべて「いい気」になってはいけないのだ。

とりあえずだるい体を引きずって仕事をする。ちゃんと病院で診察をうけるべきだとわかっていながら、放置している。この歳になると、抵抗力も免疫力もおとろえてくるのが当然だろう。放《ほ》ったらかしにして、なんとか回復するのは六十歳ぐらいまでだ。このままでは、肺炎とか、いろんな病気を併発して、死ぬことだってありうる。

などと考えながら、『歎異抄《たんにしょう》』のなかで親鸞《しんらん》も同じようなことをいってたな、と苦笑する。

「地獄は一定《いちじょう》」

と、きっぱり覚悟はしていても、ちょっと体調を崩したりすると心配になる。このまま死んでしまうんじゃないだろうかと不安になる、というようなことを親鸞は弟子《でし》にもらすのだ。

そもそも仏教の教えとか、昔の宗教家の言葉が身にしみて感じられるのは、晩年になってからのことだ。六十から七十を過ぎて、ようやく人は自分の死というものをリアルに考えるようになるのである。若い人の仏教論というのは、思想談義であるといってもいい。それはそれなりに論として意義のあることだろうが、切実に「あの世」のことを考えるのは高齢者だ。もちろん二十歳にして老いたり、という天才もいないではない。ブッダは二十九歳で生病老死《しょうびょうろうし》を実感したというが、切実なのは八十歳で行き倒れて死ぬ前の言葉だろう。

明日、死ぬかもしれない、という実感をおぼえるようになると、世界がちがって見えてくるものである。

熱でかすむ目をこらして中村元《はじめ》さんの日本人論を読む。これは何度読んでもおもしろい。鴨長明《かものちょうめい》から吉田兼好《けんこう》までナデ斬《ぎ》りだ。『方丈記』には思想がない、と中村さんはいう。ここまで徹底して『方丈記』を批判した文章は少いのではあるまいか。インド人の思想とは、徹底する論理である。日本仏教には、それがない、と中村さんの口調には遠慮がない。また咳が出てきた。

体調ますます悪し。

その一端は活字にある。真黒の悪魔のような本を、徹夜で読みふけってしまったからだ。装幀《そうてい》からしてまさに地獄からの使者のようなその本は、『時代の未明から来たるべきものへ』(間章著作集Ⅰ／月曜社刊／本体四六〇〇円)。

出版文化のたそがれを語る人は少くないが、『内村剛介《ごうすけ》著作集』を出している恵雅堂出版や、月曜社のような出版社が存在していることをどう思っているのだろうか。
間章《あいだあきら》から阿部薫《かおる》へ、そして鈴木いづみへと連想が広がっていく。そして間章の対立項としての平岡正明。友人としての土取利行《つちとりとしゆき》。

かつてカジュアルでない時代というものがあった。間章が文中であげる作家たちの十人に一人も私は読んでいない。しかし、対独協力者として戦後無視された作家たちの何人かは、間章の文章に引きずられて知ることになった。間章があげていたのは、モーリス・ブランショ、ルイ＝フェルディナン・セリーヌ、ロベール・ブラジヤック、ドリュ・ラ・ロシェル、ボリス・ヴィアン、エトセトラ、エトセトラ。

間章は難解だ、という伝説がある。たしかにそういう文章も多い。しかし、アルバート・アイラーについての本を書くためにニューヨークを訪れたときの〈ジャズ紀行〉などは、どこにも難しいところはない。むしろ彼のいうところの「ホモ・ヴィアトール」（旅する人）の抒情《じょじょう》さえ感じさせる平明な文章だ。イースト・ヴィレッジの土取利行のアパートを訪れたときの文章など、古いラグタイムの音楽をきくような懐しささえ感じられる。私は土取さんとは細く長いつきあいなのだが、阿部薫と土取利行の世界を自由に行き来する間章は、まさしく「ホモ・ヴィアトール」そのものといっていい。かつて私も同じ意味のことを「ホモ・モーベンス」とよび、そのことを自称していた時期があった。

活字を読んでいると、やたらと目ヤニが出る。まるで老犬みたいだ。痰《たん》といい、洟水といい、目ヤニといい、たぶん体のなんらかの排出作用だろう。風邪軍と戦っている免疫作用の戦死者たちではあるまいか、そう思うと、いやがってばかりいるわけにはいかない。目ヤニ、洟水、痰たちにも感謝しなければ。

しかし、それにしても、時代はカジュアル化の一途をたどっている。これも一種のビニール質のファシズムだろうか。いや、ビニールはもう通りこして、サランラップの時代なのだ。それを嘆いているわけにはいかない。

あれは高校一年生のころのことだったと思う。

先輩の一人と、筑後《ちくご》地方を一望できる山に登った。山の名前はどうしても思い出せない。

北側の斜面は、急角度に削《そ》げ落ちていて、崖《がけ》っぷちに近づくのが怖いくらいだった。山頂のあたりが台地になっている。木々はなく、広々とした草原のような地形である。ちょうど西のかなたに夕日が沈む時間だった。山頂には誰もいない。私は先輩と並んで、無言で落日の様子を眺めていた。

その時、先輩が唐突に歌をうたいはじめたのだ。その歌は、これまで私が子供のころからきき慣れていた軍歌や歌謡曲とはまったくちがった感じの歌だった。

岡晴夫《おかはるお》だとか、春日《かすが》八郎だとか、田端義夫《たばたよしお》だとか、奈良《なら》光枝《みつえ》とか、近江《おうみ》俊郎《としろう》とか、そんな人気歌手の歌とは異質のメロディーである。

先輩の声はともかく、その曲に少年の私は、しびれるような感激をあじわったのである。

「よか歌たいねえ。どこの歌じゃろか」

「これはくさ、イタリアの歌たい」

「イタリア？　なんちゅう歌ね」

「題は知らんばってん、よか歌じゃろ」

そして先輩は、さらに声をはりあげて歌いつづけた。

〽思い出の島　カプリ
君と逢《あ》いし島よ

正確には憶えていないが、イタリア民謡調の簡単な歌だった。

「おれもうたいたか。教えてくれんね」

「よかよ。おれの後に続けてうとちみ」

〽思い出の島　カプリ
君と逢いし島よ

先輩がワンフレーズうたうと、私がそれをくり返す。戦時中の軍歌行進みたいなものだ。

夕日はあっというまに沈んでいく。私たち二人は、声の続く限り大声でその歌をうたった。あの時ほど歌を全身でうたったことはないだろう。日が沈むと山頂は暗く、なにやらおそろしげな雰囲気が漂ってきた。私たちはあわてて下山にかかった。大した山でなくとも、迷うことはあるのだ。

あの時の歌の文句はさだかではない。だが、私たちが感激して歌をうたった時間のことは今も忘れない。歌に感激する、かつてはそういう時代もあったのだ。

# 理想の「逝き方」をめざして

## 逝《い》くことと恐れること

このところ、知人、友人の訃報《ふほう》があいつぐ。

寒い時期にはどうしても健康に負担がかかるのだろう。

しかし、考えてみると、社会全体の高齢化ということが、そこに透けて見えるようだ。

「ガン治療の最前線」

などという番組や雑誌の特集からすると、最近のガン対策の進歩はめざましい。早期発見、早期治療の体制づくりも進んでいる。

「ガンは不治の病ではない」

といったかけ声も広がりつつある。

しかし、それでいながらガンの患者数は増える一方だし、ガンで亡くなる人も多い。

やがては国民の二人に一人はガンで死ぬ、ともいわれている。

ガンに対する治療や情報が、これほど進歩してきたというのに、なぜガンはへらないのか。いや、むしろ増えつづけているのか。

その答えは、先にも書いたが意外に簡単だ。国民全体の高齢化のせいだと考えるしかない。

ガンは一般的に老化現象と考えていい。もちろん若い人にも患者はいるだろうが、高齢化が進めば、誰でもガンを発症する可能性は大だ。

一般的に八十歳を過ぎた高齢者は、ほぼ八種類の病気をもっている、といわれている。二十八本あまりの自前の歯も、八十歳をこせば十本から十数本にへってしまうのが普通らしい。

医療が進歩して高齢化が進む。当然のことながら加齢による病気が増える。百歳以上の長寿者が未曽有《みぞう》の数に達しているという。

私たちはこれまで、少子高齢化ということを、なにか遠くの風景のように眺めてきた。

しかし、いま爆発的な高齢化社会を目前にして、慄然《りつぜん》たる思いをおぼえずにはいられないのだ。

「春がいく」

という。この「いく」には、いろんな字が当てられることが多い。

「行く」

「往く」

「逝く」

昔は「イク」とは読まずに、「ユク」と発音した。今はほとんどすべて「イク」で通る。しかし、「行《い》く」と「逝《い》く」では、ずいぶん意味がちがう。「夭逝《ようせい》」などという表現にも、深い思いがこめられている。

「春が逝く」

といえば、ただ季節が変ることだけではない。なにかが惜《お》しまれて終る、という感じだ。しかし、季節はめぐるものである。春が過ぎ、夏がきて、秋となり、冬が明ければ再び春は訪れてくる。

この考え方から、ひょっとして輪廻《りんね》という思想も生まれてきたのかもしれない。生死をくり返しつつ無限に続く輪廻。

古代インドではバラモン思想の土台として輪廻が常識だった。しかし、その生死転生《しょうじてんしょう》は、必ずしも幸福と結びついてはいない。なにか底なしの虚空《こくう》をかいま見るような無気味さが感じられ、人びとはやがて輪廻を「業《ごう》」のもたらす苦しみとして恐れを感じるようになっていく。

やがて、この輪廻の思想に真向《まっこう》から反旗をひるがえす人びとが現れてくる。「輪廻」を「苦《く》」としてとらえ、その重い鎖を断つことをゴウタマ・ブッダもめざした。

それでもなお二千五百年たったいま、私たちのなかには輪廻の感覚は息づいている。このねばねばした息苦しさの根元《こんげん》は、どこにあるのだろうか。

ひょっとすると、春は逝き、そして再び訪れるという四季の姿に、なにかを視《み》ているのかもしれない。

しかし、

「咲く花の姿は変らねど、今年の花は去年の花にはあらず」

と、考えることもできはしないか。人は老い、逝く。そして再び春に咲く、という感覚を一度どこかで点検してみなくてはならないのではあるまいか。

西行《さいぎょう》が願った花の下《もと》での死は、現代人にとっての一つの指針かもしれない、いま「逝き方」を考える時代に私たちは生きているのだ。

## 雑木林で行き倒れたブッダ

世の中のあらゆることに、すべて始まりと終りがある。それはふだんは意識しなくても、誰もが知っていることだ。

出発期があり、成長期がある。最盛期というか、黄金時代があり、やがてゆるやかに下山の時代がある。そして自然に終りを迎える。

人間の一生もそうだ。政治や経済のシステムもそうだ。一国の命運もそうである。あらゆることに、始まりと終りがある。エンドレスなものは存在しない。

子孫や血統を残すことで、永遠の生命を保つという考え方はナンセンスだ。親と子はちがう。孫ともなれば、一個人としては他人にひとしい。

「つくづく思いをいたせば、仏というものは自分ひとりのためにあったのだ」と親鸞《しんらん》は言った。

「吾一人《われいちにん》のため」というのが近代的自我のめざめだろう。

親鸞の思想の新しさは、ここにあるのではないか。「悪人正機《あくにんしょうき》」は、それまでも仏教のなかに絶えざる水脈としてあった。それを強調するかしないかの問題だった。

古代、この国に伝わってきた仏教文化は、国家をまもる思想だった。朝廷をまもり、体制を護持する。豊作を願うのも、国家を支える収税のためであり、共同体のために祈る宗教が仏教だった。

「吾一人のため」の信心は、画期的な思想である。仏と一対一で直接に向きあう。そこで仏に対面するのは、村でも、郡でも、国でもない。名もなき一人の「われ」である。念仏《ねんぶつ》するのは、仏との交流である。家族のためでも、兄弟のためでも、父母のためでもない。まして国家や世間のためでもない。

イエスは人びとに語りかけているときに、ご家族が訪ねてこられました、と知らされて、ここで自分の話を聞いている人びとこそが自分の家族兄弟だ、と言ったという。

「世の中安穏《あんのん》なれ」という言葉にだけ寄りかかるのは、親鸞像をデフォルメする危うさがありはしないか。

浄土宗《じょうどしゅう》のなかでも、真宗《しんしゅう》は「自分がつとめる念仏」ではなく、「いただいた念仏」ということを大事にする。法然《ほうねん》が「念仏せよ」と人びとにすすめたことを、法然自身が仏の声の伝達者であると親鸞は納得《なっとく》したのだろう。仏の願いが法然という人格を通じて念仏を人にすすめたと考えたのである。そしてそれもまた、きわめて危うい思想であった。

最近、にわかに注目されるようになったのが、人の「逝き方」である。

「孤独死」にはじまって、

「単独死」

「平穏死」

「独居死」

などなど、書店の店頭にもその手の本がずらりと並んでいる。

「尊厳死」という表現があるが、私はあまりピンとこない。人間の死に、それほどおごそかな意味をつけ加える必要があるとも思えないからだ。

釈尊《しゃくそん》、すなわちゴウタマ・ブッダは、食中毒で苦しみ、雑木林の中で死んだ。要するに「行き倒れ」である。八十歳だったという。

私はそんなブッダの「逝き方」に、とても共感するものがある。インドを訪れたとき、その現地といわれるクシナガラの林の中を歩いて、さらにその感は深まった。

## 西行と桜

花の下で如月《きさらぎ》の望月《もちづき》に死にたいと願った西行も、予定通りに「逝った」人だ。キザともいえるが、見事ともいえる。

私は戦後ずっと桜の花が好きでなかった。幼年期、少年期に、あまりにも数多く桜の歌をうたったせいかもしれない。

戦時中、桜は常に死と結びついていた。咲くよりも散ることが手本とされていたのである。

〽貴様と俺とは
　同期の桜

という歌は、

〽見事散りましょ
　国のため

と結ばれたし、

〽万朶《ばんだ》の桜か
　襟の色

ではじまる勇壮な軍歌は、

〽散兵戔《せん》の
　花と散れ

と終る。また俗曲調の歌で、

〽こんど逢《あ》う日は
　来年四月
靖国神社の
　花の下

というのもあった。

〽七つボタンは桜に錨《いかり》

という予科練《よかれん》の歌は、骨身にしみるくらいにうたいこんだ歌詞である。要するに桜は死のシンボルだったといっていい。

人体は老化する。これは自然の原理であり、宇宙の真理である。地球も老化する。太陽も老化する。

人間はほぼ百二十歳前後を限界として、その生存を終える。この老化と天寿に対しては、さまざまな形でのレジスタンスが続けられてきた。最近流行《はやり》のアンチエイジングなどという工夫《くふう》がそれだ。

病的な老化、極端な短命を少《すく》なくしようという志向は正しい。五十歳になれば五十歳らしく、八十歳になれば八十歳らしく見えるのが自然である。六十歳であるにもかかわらず、八十歳のようでは困る。しかし、八十歳でありながら五十歳に見せようというのは不自然というものだ。

老化を悪とする文化がある。そして死を敗北とみなす思想がある。

私たちは二十一世紀に、それまでとちがう文化をつくり出さなくてはならない。それは、老いることが自然であり、死もまた当然とする文化である。

花が散るのを惜しむ気持ちは永遠に変らないだろう。しかし、ずっと咲きっぱなしで、散ることのない花は造花にひとしい。

死をケガレとして忌《い》む歴史は今も続いている。生が勝利で死は敗北という感覚も、まだ克服できてはいない。老いに対する恐れと不安感も根づよい。

自然死も、平穏死も、死そのものを肯定する文化をつくり出すところからはじまる。

ただ楽に死ねる、というだけでは意味がないのだ。喜んで死を受け入れる境地に達せよ、というのではない。武士道はいざしらず、死は常に残念なことである。

しかし、生まれて成長し、生の営みを終えて世を去ることは、自然の理《ことわり》である。現在の医学は、老いと死に対する基本的な姿勢が定まっていないのではないか。

もし、現代に宗教というものが意味をもつとすれば、この点にまともに向かいあうしかないだろう。老いと死を、どのように落ち着いて受容するかは、それこそ宗教の出番ではないのか。死者をとむらうよりも、死を迎える生者に、安らぎと納得をあたえることぐらいしか、現代の宗教には求められてはいないのだ。

死を悪として見る文化、そして老いを屈辱として恥じる文化からの脱出こそが、私たちにいまつきつけられている直近の課題なのである。

## 老人は荒野をめざす

先日、代官山《だいかんやま》のTSUTAYAへいったら、二階のラウンジの本棚に昔の雑誌があった。『平凡パンチ』のバックナンバーが、ずらりと並んでいたのだ。これは懐しい。

立ち読みでページをめくっていると、作・五木寛之とある連載小説が目についた。「青年は荒野をめざす」という一九六〇年代の物語である。

これを書いたのは、私が三十代の半ば頃ではないかと思う。担当編集者は、後藤明生《めいせい》だった。のちに作家として活躍した後藤明生は、仲間にゴッさんとよばれていた。早稲田のロシア文学専攻で、ゴーゴリが専門だったはずだ。当時は三島由紀夫《ゆきお》や、立原正秋《たちはらまさあき》などを担当していた。

最初、「青年は荒野」という題だったのだが、もっと動きのあるタイトルにしたいという意見が出て、「青年は荒野をめざす」となった。

挿絵《さしえ》は柳生弦一郎《やぎゅうげんいちろう》。

途中から題名が伊丹一三《いたみいちぞう》の文字に変った。のちの伊丹十三《じゅうぞう》である。

連載がはじまってしばらくして、当時人気のフォークバンド、〈フォーク・クルセダーズ〉が歌を出す話が持ち上った。

詞を私が書き、加藤和彦《かずひこ》が曲をつけた。なんとなくアメリカ映画『ローン・レンジャー』の主題曲に似た感じの歌だった。はっきりは憶《おぼ》えていないが、たぶんこんな歌詞だったと思う。

〽ひとりで行くんだ
　幸せに背を向けて
さらば恋人よ

なつかしい歌よ友よ
いま Hum Hum
青春の河を越え
青年は青年は
荒野をめざす

大ヒットとまではいかなかったが、バンドの人気のせいで、そこそこに流行《はや》った曲である。最近になって、何人かのシンガーによってカバーされてもいる。

『青年は荒野をめざす』、か。

そんな時代もあったのだなあ、と、TSUTAYAの本棚の前で感慨にふけった。

先の石原慎太郎氏の国政復帰と新党結成は大きな話題を集めた。石原さんは、私と生年月日が同じである。昭和七年九月三十日。『老人は荒野をめざす』という文句が、ふと頭に浮かんでくる。

午後六時十分の新幹線「のぞみ」で、新神戸へ。

週末の東京駅は、無数の旅行客でごった返している。いつも思うことだが、不況だ不況だといわれる当節なのに、どうしてこんなに移動する客が多いのだろう。人の渦をかきわけつつ、ヒレカツ弁当とお茶を買って乗車。

弁当を買うだけでも、大変な行列だ。

車中、書店で摑《つか》み取りしてきた新書二冊と、文庫本二冊読む。

電光ニュースが、桑名《くわな》正博《まさひろ》の死を伝えて流れていく。桑名さんには、特別に私自身の希望で自作の歌をうたってもらったことがあった。『もし翼があったなら』という曲だ。『セクシャルバイオレットNo.1』は、彼の代表曲だが、『もし翼が――』のほうもいい歌だった。BSテレビ番組の主題曲として作ったので、あまり世間に聴かせる機会がなかったのは残念である。

録音のとき、

「ここでハーモニカを使ったらおもしろいんじゃないかなあ」

などと少年のように目を輝かせて提案していた姿を、ふと思い出す。合掌《がっしょう》。

一昨日、福岡へいってきたばかりで、休むまもなくの移動は体にこたえる。まあ、大リーガーの移動日程は、こんなもんじゃないか。

八十代の文筆業者が大リーガーなどを引き合いに出すのは、笑止千万《しょうしせんばん》か。夜食をチキンカレー、サーモンのバター焼き、サラダ、と変な組合せですませた。

朝方五時まで活字を読んで、眠りにつく。

一夜明けて、県立「のじぎく会館」での講演。部落解放研究兵庫集会に招かれてやってきたのだ。一九二二年三月三日に京都の岡崎《おかざき》で、水平社の大会が開かれてから九十周年を迎える。沖浦和光《おきうらかずてる》先生と各地を歩き回った記憶をふり返りながら、一時間半の雑談。

「愚禿《ぐとく》親鸞」の「禿《とく》」が、誤解されているようにハゲ、坊主頭のことではないことなどを話した。「禿《とく》」は「カブロ頭」のことだ。いわゆるザンバラ髪である。大人でいながら「禿《かぶろ》」頭にしていたのが、世間で非人とされていた人々だった。

「非僧非俗」とは、「半僧半俗」ではない。「僧・俗」を共に否定し、僧でもなく、常民でもない第三の非常民をめざした親鸞の志と、とらえるべきだろう。もちろんこれは百パーセントの私見、独断である。

## よい逝き方とは

夜中、ふと、
『逝《い》きかた上手』
という言葉が頭に浮かんだ。
「逝く」は、人が世を去ることである。「逝去《せいきょ》」とか、「急逝《きゅうせい》」とかいう。
『逝きかた上手』でもいいし、
『往《い》きかた上手』
でもいいだろう。「往く」は「往生《おうじょう》」のこと。
以前、『生きかた上手』という本がベストセラーになったことがあった。
私自身も、かつて『生きるヒント』などというシリーズを書いたこともある。
しかし、いま、時代は大きく様変《さまがわ》りした。

高齢社会は現実のものとなり、百歳以上の長寿者の数が五万人をこえている。問題は、その長寿を、単純に喜んでばかりはいられないことだ。百歳以上の長寿者の八十パーセント以上が「寝たきり」老人であるというのだから。

「寝たきり」とは、どういうことか。先日、その実態をリアルに知ることができたが、なんともいえない悲惨さに心を打たれた。

まれに長寿で壮健な老人がテレビで紹介されたりもする。しかし、それは例外中の例外だ。希少なケースだからこそ、マスコミも話題に取りあげるのである。

もし現実の「寝たきり老人」のリアルな姿を全国放送で流したらどうなるか。おそらくいたるところで高齢者の自殺が暴発するかもしれない。

いや、寝たきりの状態で保護されている老人たちには、それさえも無理だろう。みずからの意志や判断も曖昧《あいまい》なまま、延命されているケースが大半だからである。

最近、「アンチエイジング」の波がこの国にも押しよせてきた。ヒトは百二十歳まで生きる可能性があるという。話題のｉＰＳ細胞の利用が実用化すれば、百四十歳も夢ではないと騒がれている。

しかし、誰がなんといおうと、老いは人間の真実であり、運命なのだ。ここで私は一万人に一人、百万人に一人の例外的な天才老人の存在を念頭にはおかない。百人に九十九人の普通の人間の話をしている。

幸福な老人は少く、不幸でみじめな老人が大半を占める。それが現実なのだ。老化は自然のエントロピーであり、人格、身体の崩壊であり、生命の酸化である。そこには「人生の荒野」がどこまでも広がっていると私は思う。

若いころから不思議に思うことがいくつもあった。

人間の老い、ということも、その一つである。

人は皆それぞれ、生きるためにさまざまな苦労を重ねている。まあ、例外はあるだろう。物心ついてから年寄りになるまで、一度も困難な時期を体験せずに一生を送る人もいるかもしれない。

しかし、それは例外中の例外ではないか。

他人からはうかがえなくても、ほとんどの人は、それぞれに苦しみを抱《かか》えながら暮らしているのだ。

本人が楽天的であっても、時代というものがある。平和で、安穏な世の中に生まれていればいいが、そう思い通りにはいかない。

民族や国民が背負う苦しみというものもある。家族や肉親の問題もある。健康ということも重要だろう。生計を立てるだけでも大変だ。

いずれにせよ、人は生まれて成長し、家庭をもって仕事に追われ、やがて老いていく。それだけの苦労を重ねて生きたのなら、老いは楽園であって当然ではないのか。

しかし人生はその逆だ。心と体をすりへらして生きたあげくが、寝たきり老人というのは、どう考えても納得がいかない。

キリスト教は青年の宗教だ、と以前、書いたことがあった。イエス・キリストには永遠の青春のような香りが漂う。

それに対して、仏教は老年の宗教ではないかと考えたりする。「苦」ということが、本当に実感できるのは、人が六十歳を過ぎたころからだからだ。「愛」から出発する宗教と、「苦」からはじまる宗教はちがう。イエスが八十歳まで生き、ブッダが三十代で死んでいたら、キリスト教も仏教も、どこかちがう感覚がともなっていたのではないかと、ふと思う時がある。

少年のころに仏道に憧《あこが》れた天才もいる。しかし、それは幼なくしてすでに老いた心の持主だったということではないのか。

どれほど仏教に心惹《ひ》かれたとしても、人生を「苦」と感じる感覚は、老いたあとでなければ会得《えとく》することは難しい。

ブッダは三十代の半ばで悟《さと》ったとされている。しかし、その悟りは一つの思想の達成ではなかっただろうか。そこから八十歳で行き倒れて死ぬまでの遊行《ゆぎょう》のなかでこそ、ブッダの教えは成熟していくのだ。

いくらアンチエイジングの医学が発達しても、人には「逝《い》きごろ」というものがあるはずだ。それがはたして何歳ぐらいだろうか、と、しきりに思う今日この頃である。

昔は、

「人生五十年」

といった。現在はどうだろう。

「人生七十年」

あたりが丁度《ちょうど》いいころだと思うのだが、これには不満の声が多いにちがいない。では、少しサービスして、

「人生八十年」

と、するか。

いや、そこまで世間に配慮することもなさそうだ。精々《せいぜい》、

「七十年から八十年の間」

といったところが、衆目《しゅうもく》の一致するところだろう。

私自身は八十一歳になった。これは努力のたまものでもなく、世間に必要とされたせいでもない。たまたま運がよかっただけの話である。大きな交通事故にもあわず、重い病気にもかからず、馬齢を重ねることとなった。そのことを、必ずしも嬉《うれ》しいとは思っていない。心の中で、「逝きどき」を失したような気分もある。

藤本義一《ぎいち》さんは七十九歳で亡くなった。西を代表する文化人として、一時代を画した人だ。その死を惜《お》しむと同時に、「逝きごろ」を鮮やかに示してくれたという感動もおぼえる。

芽が出て、若葉から青葉に変り、やがて紅葉して散っていく。落地《らくち》生根《せいこん》落葉《らくよう》帰《き》根《こん》。それは見事な自然のリズムである。アンチエイジングよりも、ナチュラル・エイジングを、そしてナチュラル・エンディングをこそ、私たちは追求すべきではあるまいか。

「人生七十五年」

あれこれ考えて、この辺がそこそこ現代にふさわしい言葉ではないかと思う。天寿をまっとうしてなお生きる人もいれば、惜しまれて早逝《そうせい》する人もいる。しかし、人間という地上の生物の、一応の生存期間のメドぐらいはあってよさそうだ。長命、長寿ということを、必要以上に美化するのはまちがいだと思う。マスコミには、とかく元気な長寿者を誇大にクローズアップする風潮がある。それによって老いに対する幻想がはびこり、おのれの現実との落差から絶望におちいる人も多い。生命を尊重するということは、人間を自然の一部として覚悟することだ。そこに目に見えない感動も、アイデンティティーも存在するのではあるまいか。

# あとがきにかえて

ここに集めた文章は、『下山の思想』とおなじく、日々、「日刊ゲンダイ」に書きつづったものから選んだ提言である。

私自身が超高齢者の仲間に加わって、はじめて見えてきた世界があった。それは時代の変り目に生きている、という実感である。

すべての人びとは、いずれ老いる。それだけではない。老いてなお世を去ることなく、数十年を生きなければならない。現在、青年期、壮年期に属する人びとも、あっというまに老年に達する。高齢者はもちろん、誰もが若いうちからその覚悟で生きる必要があるのだ。

老人は、すでにある層ではない。それは他の世代と利害を異《こと》にする「階級」である、と私は思うようになった。

「階級」は、いやおうなく対立する。他の「階級」におぶさって生きていこうなどという甘い考えは、もう通用しないだろう。私たちは可能な限り自立し、相互扶助をし、他の「階級」の好意に甘えておぶさるべきではない。

そんな自戒をこめて書きつづった文章を集めて、『新老人の思想』というタイトルをつけた。

これは私自身の悲鳴であり、またマニフェストでもある。「おれの墓場はおいらがさがす」などと若いころにうたった世代の人間として、その意地だけはつらぬきたいと思う。

統計、その他の実証をあげずに、直感だけでものをいったため、論理が一貫しないところも多々ある。しかし、当事者の本音ということで、笑って読み飛ばしていただきたい。

この小冊子は、幻冬舎の見城徹氏の温かい激励と、石原正康さんのきびしい催促、そして相馬裕子さんの精緻な編集の手腕なくしては世に出なかっただろう。また「日刊ゲンダイ」の愛場謙嗣さんにもお礼を申し上げたい。

「起《た》て　老いたる者よ」と、昔のメロディーにのせて口ずさむ今日この頃である。

五木寛之

## 著者略歴

五木寛之
いつきひろゆき

一九三二年福岡県生まれ。生後まもなく朝鮮にわたり四七年引き揚げ。五二年早稲田大学露文科入学。五七年中退後、PR誌編集者、作詞家、ルポライターなどを経て、六六年「さらばモスクワ愚連隊」で小説現代新人賞、六七年「蒼ざめた馬を見よ」で直木賞、七六年『青春の門 筑豊篇』ほかで吉川英治文学賞を受賞。代表作に『朱鷺の墓』『戒厳令の夜』『蓮如』『風の王国』『大河の一滴』『百寺巡礼』『日本人のこころ』(全六巻)など。英文版『TARIKI』は二〇〇一年度「BOOK OF THE YEAR」(スピリチュアル部門)に選ばれた。〇二年に菊池寛賞を受賞。近著に『親鸞』(毎日出版文化賞)、『無力』などがある。

幻冬舎新書 330

新老人の思想

二〇一三年十二月十日　第一刷発行

著者　五木寛之
発行人　見城 徹
編集人　志儀保博
発行所　株式会社 幻冬舎
〒一五一―〇〇五一 東京都渋谷区千駄ヶ谷四―九―七
電話　〇三―五四一一―六二一一（編集）
〇三―五四一一―六二二二（営業）
振替　〇〇一二〇―八―七六七六四三
ブックデザイン　鈴木成一デザイン室
印刷・製本所　中央精版印刷株式会社


Printed in Japan　ISBN978-4-344-98331-1 C0295
い-5-3
幻冬舎ホームページアドレス http://www.gentosha.co.jp/
＊この本に関するご意見・ご感想をメールでお寄せいただく場合は、comment@gentosha.co.jp まで。